目　次

メディアワークス文庫

宮廷医の娘

冬馬 倫

一章　香蘭と白蓮

中原国《なかはらこく》と呼ばれる国がある。

この大陸の東端に位置する大国で、古くから強国として知られていた。その徳は天下にあまねく敷かれ、その武威は四海を飲み干すほどであった。皇帝は風流で優雅に振舞い、貴族は文化的で華美に暮らし、民は飢えることなく生きることが出来た。

周囲の異民族が常に飢饉《ききん》に怯《おび》えている現状を考えると、その豊かさは特筆に値したが、懸念がないわけではない。最近、北方《ほっぽう》で勃興した異民族の侵攻に頭を悩ませていたのだ。北胡《ほくこ》と呼ばれる騎馬民族がたびたび中原国の国境を侵し、略奪を繰り返していた。成熟した文明国である中原国はそのたびに討伐軍を派遣したが、相手は狡猾《こうかつ》な騎馬民族、軍を派遣すると波が引くように逃げ出し、対処が出来なかった。

神出鬼没な騎馬民族とのいたちごっこが続いていたのだ。中原国の軍隊は完全に翻弄されていたが、宮廷の人々は呑気《のんき》であった。

「文明人は野蛮人に煩わせられるものではない。金子でも与えて追い払え」

などと太平楽を述べ、実際にそれを実行する有様《ありさま》であった。享楽にふけり、隣国を援助するは亡国の兆しなり、心ある人々はそう噂《うわさ》し合ったが、幸いなことに心配の種は発芽することはなかった。――今のところは、であるが。

このような状況の中、中原国の城下にひとりの娘が生まれる。

彼女の名は陽香蘭《ようこうらん》。代々、宮廷医を務める家の一族に生まれた。祖父は高名な宦官《かんがん》で名を陽概統《ようがいとう》という。皇帝の御典医を勤めたこともある名医だった。その養子である父、陽新元《ようしんげん》も長年、宮廷医をしていたが、今は城下に診療所を開き、そこで市井の人々の病を診ていた。

そんな家庭環境のもと生まれた香蘭であるが、そのような環境に生まれると必然的に進路は絞られることになる。香蘭は幼き頃から祖父や父から医療の手ほどきを受け、医が仁《じん》であることを習った。

「お医者様などと呼ばれて、勘違いされるが、医者は本来、偉いものではない。好き好んで医者に掛かるものなど誰ひとりいない。極論をいえば医者など不要な存在なのだ。医者が冷や飯を食う世の中にするため精進せよ。その腕で多くの患者を救うのだ」

亡くなった祖父の言葉であるが、香蘭はこの言葉を胸に幼き頃から勉強を重ねた。父や祖父と同じように宮廷医になるべく、勉強に励んだ。

香蘭はこの年頃の娘が好きなままごとも人とは違った視点でおこなっていた。例えば人形遊びであるが、香蘭は人形相手に話し掛けたり、人形同士を遊ばせたりするのではなく、人形の分解を楽しんだ。鋏《はさみ》で腹を割き、人形の構造がどうなっているか確かめた。父謹製の臓物付き人形の四肢を切断し、糸と針で接合し、手術の真似事《まねごと》をしていたのである。

ままごとをするときも、人気の母親役には目もくれず、医者役となり、検診と称して子供たちの身体《からだ》に触れ、相手を辟易《へきえき》させた。特に男子からの評判が悪く、相手の父母から苦情がきたことは一度や二度ではない。

香蘭の両親はその都度、菓子折を持って謝りに行ったそうだから、自分という娘はさぞ扱いにくい娘であったろうと思われる。だが、それでも両親は香蘭のことを叱ることはなかった。むしろ褒《ほ》め称《たた》えてくれた。

「さすがは陽家の娘だ。医者になるために生まれてきたかのようだ」と幼い香蘭の頭を撫《な》で、「おまえは将来、陽家歴代の中でも最高の医者になるかもしれない」と褒めそやしてくれた。

嬉《うれ》しかった。頬が紅潮し、胸が早鐘のように弾んだ。将来、自分は医者になり、多くの人を助けることが出来る、そう思った。こうして香蘭の進路は幼き頃に定まった。純粋な心のまま成長し、美しい娘となった。

陽香蘭が人形遊びから卒業し、数年が経過した。

部屋にはもはや人形はおろか、女の子特有の飾りや小物なども一切ない。簞笥《たんす》の中にはいくつかの衣服が入っているが、どれも地味で目立たぬもので、質量ともに同世代の婦女の水準を遙《はる》かに下回っていた。窓辺に一輪ある花が、唯一女性らしさを主張していたが、それも薬学の研究のために置いているものだった。

母や陽家の女中たちは呆《あき》れたが、父である新元は豪胆なものであった。

「香蘭は父祖の意思を色濃く引いている。やがて名医となるだろう」

と言い放つ。

母親は、医術や薬学などほどほどにして、年頃の娘のように化粧や恋のひとつでも覚えてほしいようであったが、なかば諦めているようだ。

「行き遅れになっても知りませんからね」

時折、愚痴を漏らす程度になった。

香蘭にはみっつ年上の姉がいるのだが、彼女も香蘭の味方であった。

「香蘭は凡百の男の妻で収まるような器ではないわ。大人物のお嫁さんになると思うの。きっと、その大人物も化粧や舞が得意な娘よりも、知識と機知に富んだ娘のほうを好むでしょう」

香蘭はことあるごとに口添えしてくれる姉を心の底から尊敬していた。目が不自由な彼女の目となり、手となり、敬い尽くすことで、姉の愛情に応えていた。さらに、父母も敬愛し、使用人たちにも偉ぶらないため、香蘭の評判はよく、近隣のものからは陽家に生まれた出来娘と呼ばれていた。

そのように出来た娘である香蘭だが、悩みがないわけではない。医学を学べる環境、優しい家族、それらに囲まれ、最良の人生を歩んでいたが、最高の結果を得ていなかったのである。父や周囲の期待に応えることが出来ないでいた。

香蘭は〝医道科挙〟と呼ばれる国家試験に合格することが出来ないでいた。医道科挙とはこの国の医学制度で、この国で医者になるにはその試験に合格しなければならない。そこらの町医者は別として、往来で看板を掲げ医療をするには、国家試験に合格した証《あかし》がいるのである。

この中原国の医療は周辺諸国に比べて抜きん出ているが、それに比例して医者になるのは難しかった。医療大学寮と呼ばれる学舎に入学し、学問を修めてから受験するのが普通で、香蘭のように独学で勉学に励んでいるものは少ない。

ちなみにこの中原国の医術は古代から進んでおり、麻酔を用いた外科手術も行われ始めている。周辺諸国の蛮国はいまだまじないや祈禱《きとう》が主流だというから、この国の医術は進んでいるといっていいだろう。そもそも周辺の国々には医道科挙という概念もない。

その辺の草履《ぞうり》売りが医者を名乗れば即座に医者になれるのだ。そう考えるとこの国の医道科挙という制度は先進的であり、合理的であった。

ただ、その試験の難しさは特筆に値する。四書五経を丸暗記する記憶力、あらゆる医術書に精通する知識、実際に医療を行う臨床試験もあり、その苛烈さは官吏登用の科挙となんら変わらない。いや覚えることは官僚よりも多いくらいだ。

実際、医道科挙に合格するため、涙ぐましい努力をしたものは多い。医術書を一冊でも多く読むため、家財を売り払ったもの。医の道を極めるため、諸国を修行僧のように行脚し、己の腕を高めたもの。あらゆる犠牲を払ってようやく合格したという話は枚挙に暇がない。

それほどの高難度な試験、一六になったばかりの小娘が易々《やすやす》と合格するわけがない、——と自分を慰めることは出来なかった。なぜならば香蘭の父はわずか一四歳にして医道科挙に合格していたからだ。宦官である祖父は医道科挙に加え、官僚用の科挙にも合格していた。自分の年齢や性別を言い訳にし、不貞腐《ふてくさ》れたり、怠けたりする気にはなれない。

むしろ尊敬する父祖の名を辱めぬようにいつにもまして一生懸命に勉学に励んだ。

来年こそは医道科挙に合格する。

そんな信念を胸に今日も机にかじりつくが、小一時間ほど書物を読み込んでいると、使用人の順穂《じゅんほ》の異変に気がつく。いつもとは違う様子の彼女を観察すると、彼女はそわそわと目を泳がせた。

子供もいる。

　彼女は長年陽家に仕えてくれている女性である。四〇を過ぎた女性で香蘭より年上の子供もいる。大変、気のいい女性で、幼き頃から香蘭を我が子のように可愛《かわい》がってくれた。母の肥立ちが悪かった頃には、自分の乳を香蘭に与えてくれたこともある。もうひとりの母親のような存在なのだが、そんな気のいい女性にも弱点はある。彼女はとてもおしゃべりなのだ。放っておけば日がな一日中話している。香蘭が勉強していようがお構いなしで、井戸端会議の成果を持ち帰ってきては延々と話すのが日課になっていた。しかし今日に限ってはとても静かだった。

（口の先から生まれてきたような順穂が変だな）

　信頼の置ける使用人の異変を察知した香蘭は彼女を呼び止め尋ねた。順穂は一瞬茶を注ぐ動作を止め、軽く香蘭の表情を見つめるが、隠し事は不可能だと悟ったのだろう。あるいは天命を感じた、というのは後日、このときのことを振り返ったときの言葉であるが、ともかく、沈黙の理由を語ってくれる。

「……実はお嬢様、当家に出入りしている薬師からこのような噂《うわさ》を聞きまして」

「……噂？」

「はい、噂です」

前置きした上で順穂は言う。

「これは旦那様もご承知なのですが、最近、我が陽家の診療所の客足が減っているのをご存知ですか？」

「知っている」

香蘭は医術を学ぶため、家業を助けるため、診療所の手伝いをしていた。まだ医道科挙に合格していないゆえ、外科手術や本格的な治療などは行ったことはない。この国ではもぐりの医療行為が厳しく制限されているのだ。名家である陽家の娘が法を破ることは出来ないが、それでも包帯を巻いたり、患者の世話をしたりするくらいは出来るので、診療所には足繁《あししげ》く顔を出していた。

「たしかに最近、患者の数が減っているような気がしたが、気のせいではなかったのか……」

「旦那様は心配をするからお嬢様には黙っていろと言われましたが、実は最近、都に新しい診療所が出来まして」

「診療所など、毎月のように出来ているような気がするが」

「はい。ですが、新しく出来た白蓮診療所《びゃくれんしんりょうじょ》はとても評判がいいのです」

「評判がいい？　どのようにいいのだ？」

「どのような病気も不思議な力で瞬く間に治してしまうとか」

「神仙術か、まじないのたぐいか？」

「遙か西、西戎《せいじゅう》よりも先にある国々の医術と聞きましたが、あまりの手際に神仙術のように見えるとか。なんでも〝西洋医術〟というらしいです」

順穂は身振り手振りで大げさに表現する。短刀で腹を切り裂く真似《まね》をする。どうやらまじないの類いではなく、医療のようであるが……。ただ、切り落とした指を接合したり、まったく痛みを感じない麻酔を使ったり、この国の医療ではあり得ないことを平然とおこなうという。

「なるほど、それは奇っ怪だな。しかし、まあ、奇っ怪な医術でも患者のためになるのならばいいではないか」

「それはそうなのですが、ひとつだけ見過ごせぬ噂を聞きまして」

「見過ごせぬ噂？」

「はい。なんでもその診療所は病を治すたびに法外な金子を請求しているとか」

「どれくらいだ？」

「背中の出来物を取っただけで金子一〇枚」

「なんと……、金子一〇枚もあれば一家族が一年暮らせるではないか」

言葉に詰まるが、それ以上は言葉を発しない。医者とて霞《かすみ》を食べて生きている神仙ではない。なにかを食べないと生きていけないし、医術書は馬鹿みたいに高い。無償で医術を施すことは出来ないのだ。香蘭の父が経営する診療所は比較的良心的な謝礼で済ませているが、他の診療所の方針に口を出す権利は香蘭にはなかった。――なかったのだが、そのあまりもな料金に閉口してしまう。

「南都から古く続く商家の李家《りけ》を知っていますよね？　あの家のご子息を治すために李家の大旦那様は家財をすべて売り払ってしまったそうです。今では南都の路地裏でひっそり暮らしています。貧民街で身を隠すように暮らしているようです」

他にも包帯をひとつ巻いただけで金子一枚を請求するという噂があるらしい。信じられない事例を聞いてしまった香蘭は怒りに震える。

「なんということだ。医は仁だというのに」

医者は、仁・義・礼・智《ち》・信を大切にせよ、亡くなった祖父が常日頃から口にしていた言葉だ。それらを大切にしてこそ真の医者というもの。にもかかわらず病で困窮している民から財産をむしり取るなど、医者の風上にも置けない。そう思った香蘭はいても立ってもいられなくなる。立ち上がり、帯を整える香蘭に順穂は尋ねる。

「お嬢様、いずこに？」

「知れたこと。その白蓮診療所へ行ってくる。直接、文句を言い、仁義を説いてくる」

呆れたように溜息《ためいき》をつく順穂。さもありなんという顔もしている。このまっすぐな性格のお嬢様にこのような話をすればこうなるのは当たり前だった。だから香蘭の父である陽新元は娘の耳に入れるな、と釘《くぎ》を刺したのだ。己の浅はかさを呪う順穂であるが、今さら止めようとは思わなかった。というか止めることは出来ない。

今、順穂に出来ることはお嬢様の外見を整えることだろうか。陽香蘭という娘は美しい娘であったが、身だしなみに無頓着なところがあった。着物の裾《すそ》に墨が付いていても平然と着てしまえるのだ。同じ年頃の貴族の娘は、あれがほしい、これがほしいと、何着も着物を親にせびるものだが、香蘭は生まれてから一度も親に服をねだったことがないのではないだろうか。

それくらい着飾ることに無関心だった。素材は最高級なのだが、まるで気がついていない……。順穂は軽く溜《た》め息《いき》をつくと、香蘭の髪に櫛《くし》を入れ、かんざしを差した。最低限の身だしなみを整えると、大股に歩かないように注意し、陽家から送り出した。

†

南都の都大路を大股で闊歩《かっぽ》する。香蘭は貴族の婦女子のように大路を優雅に歩くなどという趣味はない。歩くというのは目的地に到着するための手段でしかないのだ。ゆえに都大路でなにやら珍しい旅の一座が芸を披露していても、南方の商人が珍しい市を開いていても気にすることはなかった。ただひたすらに大路を歩く人々に「白蓮診療所」

の場所を尋ねる。

「──白蓮？　聞いたことがないね。何者なんだ？」

「ああ、あの白蓮か──」

　道行く人の反応はふたつに分かれた。前者は純粋に知らないのだろう。白蓮診療所は最近出来たものらしい。後者のほうは明らかに負の感情が込められていた。白蓮か、のあとにあの守銭奴か、という言葉を付け加えても違和感はなかった。

「──となると順穂の言った噂話は本当なのだろうか」

民に医療を施すたびに法外な治療費を請求する。それによって困窮し、家財産を手放したものもいる。その話が本当ならばなんとしてでも改心をさせなければならない。

　この国の医療とはまったく体系の異なる西方の〝医術〟を施す医者。その腕はすこぶるいらしいが、いくら腕が良《よ》くても心がすさんでいるのならば意味はない。

　心のすさんだ医者に診られた患者は心がすさんでしまう、幼き頃、祖父はそう言っていた。

　医者の仁の心は患者にも伝染するのだ、というのが祖父の主張であり、その孫の香蘭も考えを同じくするところであった。ゆえにどんなに腕が優れていようとも白蓮なる人物を医者と認めるわけにはいかなかった。

　香蘭は大股な歩調をさらに早め、白蓮が診療所を開いているという貧民街へ向かった。

貧民街に婦女子が向かうなんてとんでもない。――というのは都に住む娘の常識であった。たとえどのように武芸が優れていようとも絶対に娘は近づけさせない場所である。貧民街には人買いや盗賊崩れがあふれており、妙齢の女性が向かうなど有り得ないことなのだが、香蘭は平然と進んだ。

貧民街に住まう民も最初こそ小綺麗《こぎれい》な格好をした香蘭を奇異の目で見たが、その顔を見ると素通りさせてくれた。誰も捕まえて売ろうとしたり、金をせびろうとはしなかった。これもすべては仁の心のおかげである、と香蘭はひとり納得する。

実は香蘭は以前、父と共にこの貧民街に訪れたことがあるのだ。その際、父と一緒に恵まれぬ人々に無償で医療を施したことがある。彼らはそのときのことを覚えていてくれたのだ。

都の役人や衛兵は貧民街に住まう人々のことを蛇蝎《だかつ》のように嫌う。罪人のように扱うが、香蘭は彼らが同じ人間であり、優しい人々であることを知っていた。だからなにも恐れることはなく、路地裏を歩く強面《こわもて》の男性に白蓮診療所の場所を尋ねた。彼は丁寧に場所を教えてくれる。どうやらすぐそこらしい。礼を言うが、彼は会話をそこで終らせなかった。

「よく見るとあんた、陽家のところのお嬢ちゃんじゃないか」

どうやら彼も香蘭の父を知っているらしい。なんでも昔、陽家の診療所で治療を受けたことがあるとのことだった。そのときに骨接ぎをしてもらったという。

香蘭の脳裏に彼の顔が蘇《よみがえ》る。足を折った患者が運び込まれた日の記憶だ。たしか香蘭が青ざめる彼に白湯《さゆ》を渡した記憶がある。

「あのときは世話になったな、お嬢ちゃん」

にこりとする強面の男だが、奇妙な感覚になる。どこかに違和感を覚えたのだ。それがどこであるか、答えたのは男自身だった。

「驚いただろう。新元先生に骨接ぎをしてもらったときはもう二度とまっすぐ歩けないと言われたのに」

――そうだ。たしかにそうだ。香蘭の父はこの男の骨を接いだが、折れ方が悪かったこの男の骨はまっすぐに繫《つな》がらなかった。だのにこの男は今、普通に歩くことが出来た。不思議に思っていると種明かしをしてくれる。

「お嬢ちゃんが捜してる白蓮診療所の白蓮って先生に直してもらったんだ。先生は曲がった俺の足をまっすぐに治してくれた。これでまた力仕事が出来るってもんよ」

己の足を豪快に叩《たた》く。彼の足はまっすぐに伸びていた。白蓮という男はたしかに名医のようだった。ただ、守銭奴である噂も本当のようだ。

「治ったはいいが、その代わり目玉が飛び出る治療費を請求された。今日もこれから仕事だよ。痛《いた》し痒《かゆ》しとはこのことだ」

　男は苦笑いを漏らしながら香蘭に背中を見せた。わずかばかり足を引きずっているが、健康そうな若者に見えた。男の背中を見送ると白蓮診療所に向かう。

　貧民街の奥にある診療所。その外観は思いのほか小綺麗だった。無論、香蘭の家よりは遥かに小さい。しかし、貧民街にある診療所にしてはなかなかに立派だった。香蘭は繁々《しげしげ》と外観を確認するが、大きく「白蓮診療所」と掲げられているのが気になる。

「白蓮という男は医師の資格がない闇医者のはず。医道免許もないのにここまで堂々と看板を掲げていいのか……」

　役人の手入れがあるぞ、と結ぶが、その忠告が白蓮なるものに届くわけがない。白蓮という男は神仙ではないはず。普通の人間ならば建物の外で発したつぶやきが聞こえるわけがないのだ。なのでそのまま建物に入ろうとするが、それを制するものがいた。

「そこの娘、なにをしている」

　香蘭の後方から響き渡る流麗な声。その声は太古の聖王が奏でる琴のようにも聞こえた――、と言えば大げさだろうか。しかし、香蘭の足を止め、耳に残ったのはたしかだった。香蘭は自分を足止めした人物を観察しようとするが、それよりも先に言葉を投げ掛けられる。

「おまえは医者だな。――いや、その卵か」

香蘭はびくりとする。いきなり人様をおまえ呼ばわりする態度に驚いたが、それ以上に自分の素性を言い当てられたのに驚いたのだ。

振り返る。そこにいたのは眉目秀麗な男だった。なかなかに立派な体躯《たいく》をしているが、同時に繊細さも感じさせる美丈夫《びじょうふ》だった。しばし見つめてしまうが、疑問に思ったことを口にした。

「――なぜ、自分が医者の卵だと」

「簡単な推理だ。年頃の若い娘だというのに化粧っ気が少ない。それにおまえからは消毒酒の匂いがする」

「…………」

「この国で消毒という概念を持っているということは、そこそこ腕の立つ医者の娘だな。少なくとも不正を行って医道科挙に合格したような似非《えせ》医者ではないだろう。当たりか？」

「わたしは陽家のもの。陽新元の娘でございます」

「ああ、陽家の娘か。なるほど、道理で色気がないわけだ」

「…………」

いきなりの物言いにさすがにむっとしてしまうが、目の前の男は気にすることもなく続ける。

「しかしまあその医者の卵がこんな場末の診療所になにか御用かな？」

「用があるのは白蓮という医者にございます」

「ほお、白蓮に用があるのか。なに用だ」

「それは本人に直接」

「なるほど、しかし、まあ、想像は出来る。言い当てて見せようか」

「出来るものなら」

男は香蘭の足の先から頭部までを観察すると、流麗な口調で言った。

「おまえは陽家の娘、そうだな。化粧もしないような娘がこのような場所にくるということは、医療に関することだろう。なにか質問があるのだな。手土産を持っていないということは、教えを請《こ》いに来たわけではないようだ」

「正解です」

「おまえの祖父は医の道を説いていた道徳的な医者と聞いている。その養子であるおまえの父親からも悪い噂は聞こえてこない。だが医者としては甘ちゃんだ。医学の進歩に身をゆだねようとはせず、南都に引き籠もって貧乏人の相手をしている。現実主義とは対極の存在だ。つまり夢想家だ」

「わたしの父祖を愚弄しないでいただきたい！」

「愚弄ではないさ。事実だ。それに俺は彼らを否定はしない。この世界は衛生概念という言葉すら生まれていない世界だ。まじないや呪術の類《たぐい》をありがたがる連中もいる。そんな中、消毒酒の匂いがするということはまともな医者ってことだ。夢想家だが、その中でも〝まともな夢想家〟だな」

そう言うと男は香蘭に鼻を寄せ、その匂いを嗅《か》ぐ。普通ならば嫌悪感が先立つ行為であるが、この男の行為に厭《いや》らしさはなかった。厭らしさはないが、匂いを嗅がれて喜ぶ道理もないので一歩後退する。男は気にする様子もなく続ける。

「そして白蓮診療所の前に立ち、怒りに身を任せている。おそらくではあるが、彼に関する情報を仕入れ、それを問いただしにきたのだろうな。純真なお嬢様が怒っているということは、金銭関連かな」

「その通りです」

僅かばかりの間違いもなかったので肯定してしまう。

「あなたは勘が鋭い方だから率直に申し上げる。この白蓮診療所の白蓮という人物は酷《ひど》い人物だ」

「ほう、どのように酷いのだ」

「李家という商家からその財産を巻き上げた。今、彼らは零落して困っているようだ」

「なるほど、たしかに白蓮は李家の一族のものを治療し、莫大《ばくだい》な治療費を請求した。しかし騙《だま》して得たわけではないぞ」

「商家が没落するほど治療費を取ってどうするのです。ある程度は返却すべきだ」

「命の値段は自分で決めるものさ。病人の父親は全財産と引き換えに息子の命を買った。白蓮は己の技術を売った。それのなにが悪い」

「そこに仁はありません」

「なるほど、たしかにそうだが、利と理はあった」

「あなたでは話にならない。白蓮という医者と話させてください」

「それは構わないが、白蓮という男も同じ台詞《せりふ》しか口にせんよ」

「なぜ、それが分かるのです」

「分かるさ。なぜなら、俺がその白蓮本人だからだ」

「…………」

さも当然のように身分を明かす白蓮。そのあまりにもな悪びれなさに香蘭はしばし声を失ってしまった。

†

白蓮を名乗る男に診療所へ通される。

そこは陽家の診療所と同じように消毒用の酒の匂いがした。いや、ここのほうが匂いがきつい。さらにいえば建物の外見以上に内部は綺麗《きれい》だった。不要なものがなにもなく、どれも整理整頓され、清潔さが保たれていた。

「こちらの世界で驚いたことは、とある医者が診療所に花を活《い》けていたことだ。しかも鉢植えに。土がどれくらい汚いか、どれくらいの病原菌を持っているのか、想像も出来ないらしい」

「……病原菌？」

「病原菌の概念もないのか。まあ、伝染する呪いの一種だよ。とても小さく、肉眼では確認出来ないが、不衛生にしていると繁殖する」

「それは父上も言っていた。周囲を汚《きたな》くしていると心だけでなく、身体まで汚くしてしまうと」

「賢明な父上だ。清潔な身体と清潔な空間から健康は生まれるのだ」

白蓮はそう言い放つと、出迎えた少年にお茶を所望した。

「陸晋《りくしん》、お茶を二杯ほど頼む」

陸晋と呼ばれた小柄な少年は深々と頭を下げ、お茶を運んできた。見事な玉露だった。

香蘭の家よりも立派な茶葉を使っている。さらに少年のお茶の注ぎ方は最良で、とてもいい甘露になっていた。香蘭が思わず「美味《うま》い」と、うなると白蓮は説明する。

「俺は昔から茶道楽でね。茶葉にはこだわっている。人生、短いのだ。不味《まず》い茶を飲んでいる時間はない」

「そりゃあ、阿漕《あこぎ》に金を稼いでいれば良い茶葉も買えるというもの」

「言ってくれるではないか、小娘。まあ、まったく耳が痛くならないが」

香蘭は茶碗《ちゃわん》を机の上に置くと、白蓮に尋ねる。

「わたしは祖父に医の道は仁だと説かれました。仁義を持って患者に接しろ、誠の心を持って患者に接しろ、と。もしも困窮している患者がいれば治療費は出世払いで診てやれ、と。そんな中、わたしはあなたの噂を聞いた。あなたは本当に患者に法外な治療費を請求しているのですか？」

「ああ」

「李家を破産に追い込んだというのは本当ですか？」

「ああ」

「それに心は痛まないのですか？」

「ああ」

「あなたは、ああ、としか返事出来ないのですか？」

「ああ」

「…………」

さすがに香蘭も腹が立った。馬鹿にされていると思ったのだ。

「……あなたはわたしを馬鹿にしているのですか」

「まさか。こんな物騒なところまで文句を言いにくる根性には一目置いているよ。ただ、思想があまりにも違いすぎる」

「思想？」

「そうだ。香蘭とか言ったか。おまえは患者が医者に求めているものはなんだか知っているか？」

「……己の痛みを分かってほしい、そう思っているはずです」

「はっはっは、青いな。そんな患者などいないよ」

「ならばなにを求めているのです？」

「簡単だよ。患者は自分の痛みや苦しみを医者に共有してもらいたいのではない。ただただ病苦から救われたいだけだ。そこに医者と患者の心の触れ合いなどは必要ない。仁など不要なのだ」

「患者はただ病苦から逃れたいだけ……」

不意を突かれた香蘭は唇を嚙《か》みしめながら白蓮の言葉を反芻《はんすう》する。たしかに、と香蘭は思い出す。父の診療所に来ていた患者たちは父の同情を買いにきていたわけではなかった。ただただ、病から救われたいときていたのだ。香蘭はとある死病に冒された患者に同情し、彼の死を最期まで看取《みと》った。彼は最期の最期まで香蘭に感謝をしてくれたが、香蘭は彼の死を看取ったあと、泣いてしまった。彼と心が通じ合ったからではない。彼を治せなかった自分の無力さに涙したのだ。

もしかしたら医者さえも患者との心の対話など望んでいないのでは――、白蓮の言葉は香蘭の心を揺らすが、香蘭は首を横に振る。危うく守銭奴である白蓮の言葉を鵜呑《うの》みにしてしまいそうになったからだ。これでは木乃伊《みいら》取りが木乃伊ではないか、そんな諺《ことわざ》を思い出した香蘭は、白蓮を論破し、改心させようと思った。たしかに白蓮は守銭奴の悪党であるが、その腕は凄《すさ》まじかった。それは南都に流れる噂と先ほどの男からの情報で想像が付いた。

〝西洋医術〟なる神仙術と見間違う見事な技でこの国の医者では治せぬ難病も治すという。患者に痛みを与えることなく出来物を取り除くことが出来るという。性格はともかく、その腕は神懸かり的な医師であった。そのような人物を改心させ、香蘭の祖父のような仁者に目覚めさせることが出来れば、この南都の名医になってくれるはずだった。この南都の民をあまた救ってくれるはずだった。

そうなれば香蘭としては重畳この上ない。彼が正規の方法で医道科挙を取ってくれれば、それに越したことはないのだ。そう思った香蘭は、来年の医道科挙を一緒に受けよう、と提案する。その提案を聞いた白蓮は、一瞬、きょとんとすると、次の瞬間、笑い声を上げた。

「はっはっは」と。

喜劇でも見ているかのような笑い声だったので、むすっとしてしまう。

「なにがおかしいのです。あなたほどの腕前を持っているのならば、正規の医者となり、正規の料金を受け取り、正規の医者になったほうがいい。そのほうが多くの民を救える」

「なるほど、正規の医者になれば南都の大路でもっとまともな診療所を開けるかもな。ただそうすると決められた治療費しかもらえないし、施せる医術も国が決めたものになる」

「それでいいではないですか、そうだ、あなたならば大学寮で研究をすればいい。その最先端の知識を弟子に教えるのです」

「すぐに異端扱いされ、獄に繋がれるさ。この国の医学は保守的だからな。それに俺の施す医療には金が掛かるんだ」

白蓮はきっぱりと、そしてはっきりと自分の意思を明確にする。しかし、香蘭はそれでも諦めない。この男とは初対面であるが、なぜか惹《ひ》かれたのだ。この男に奇妙な縁を感じたのである。それがどのような縁か、言語化することは出来なかったが、それでも香蘭は食い下がる。

――香蘭が追撃を加えようとしたとき、白蓮診療所の扉が勢いよく開かれる。診療所の室内に陽光が入るが、それと同時にふたりの男女が入ってきた。

白蓮診療所にやってきたのは患者だった。正確には患者を診てくれとやってきた代理のものであった。ここは診療所なのだから珍しい光景ではないが、ふたりの代理人はとても焦っていた。さもありなん。家族が怪我《けが》をしていて平静でいられるものなどそうはいないのだ。ただ、白蓮にはその気持ちが分からないようで、面倒くさそうに言った。

「そこに診療時間外と書いているのが見えなかったのかね。医者の特権は自由に休みを取っていいことなんだが」

若い婦人は申し訳なさそうに頭を下げる。

「も、申し訳ありません、お医者様。ですがわたしの息子が木登りをしていて骨を折ってしまったのです」

ほう、と無表情に己のあごを撫でる白蓮。

「頭は打ったか？　それと骨は皮膚から飛び出ているか？」

「いいえ、頭は打っていません。骨は飛び出ていますが」

「なるほど、ならば複雑骨折か。さぞ泣き叫んでいることだろう」

「はい」

「で、そっちのおまえさんはどんな患者を診てほしいんだ？」

若い母親の後方にいる男を見る。彼はとても身なりのいい格好をしていた。

「わたしの父を見てほしいのです」

「父親か。どのような症状だ」

「はい。今朝方から腹痛を訴えまして、そのまま店先で倒れたのです」

「商人か」

「はい。それなりの商家です。ですのでお礼は十分出来るかと」

「なるほどな。少なくともこっちの御婦人よりは金払いは良さそうだ」

そう言うと若い母親は肩を落とす。白蓮は気にすることなく続ける。

「それで君の親父《おやじ》さんの容態は？　しゃべれるのか？」

「はい、しゃべることは出来ますが、寝所から一歩も動くことは出来ません。父は昔《むかし》気質《かたぎ》で、こんなもの寝ていれば治る、の一点張りで。しかし、あの脂汗の量、土褐色の肌色、尋常ではございません」

「なるほど、そりゃあ大変だ」

全然心を込めずにそう言うと、白蓮は一瞬、瞳を閉じた。その短い時間で決断をしたようだ。

「あい分かった。俺は今からこの男の父親を治療する。人足を借りておまえの父親をここに連れてきてくれ」

「はい」

息子は勢いよく診療所を飛び出す。若い母親は悲しそうな顔をしていた。それを見て、いても立ってもいられなくなった香蘭は抗議する。

「白蓮殿!!　あなたという人は。この女性の悲しむ顔が見えないのですか？　泣き叫ぶ子供の顔が思い浮かばないのですか？　なぜ、患者の痛みが分からないのです」

「ほう、というとおまえさんは商人の親父の命は大切じゃないのかね」

「そんなことはありませんが、女子供から治療に当たるべきでしょう」

「そうかな。俺は爺《じじい》が好きだ。特に商家の爺は。金を持っているからな」

「金、金、金、金、あなたには信念はないのか!!」

「有ったかもしれないが、母親の胎内に置き忘れてきたよ。さて、これから手術をする準備をするが、そんなに子供が心配ならばおまえが診てきてやるといい」

「――わたしが？」

「そうだ」

「しかしわたしには医師の御免状がない……」

「医の道は仁じゃないのか？　それに患者を治すのは医者だろう。免許ではない」

「…………」

確かにその通りだった。それに骨接ぎくらいならば自分でも出来そうだ。骨が飛び出た患者を処置したことはないが、父親が治しているところを横から見たことはある。それを思い出した香蘭はそのまま若い母親に話し掛け、子供が泣き叫んでいる現場へ連れて行ってもらうことにした。

†

商家の息子が飛び出し、若い母親と香蘭もいなくなった診療所には静寂が訪れるが、白蓮の小間使いである陸晋少年は心配げに尋ねてきた。

「大丈夫でしょうか？　香蘭さんは気負いすぎているような気がします」

「ま、誰の目から見てもそうだな。ことの軽重ではなく、感情で物事を見てしまう。若い時分は仕方ないが」

「白蓮様も同じような感じだったのですか？」

「俺はこの〝世界〟の人間ではないからな。俺の世界はもっと穏やかだった。飢える心配もないし、盗賊に怯えなくてもいい。子供の時分は好きなだけ勉強が出来る」

「そのような桃源郷《とうげんきょう》が存在するのですか。まるで仙人の国のようだ」

「まあな。住んでいたときはその有り難みが分からなかったが、こっちにきてから大分理解したよ。厭《いや》でも毎日のように命の儚《はかな》さに触れさせられる」

戦争、飢餓、伝染病、この世界はそれらに満ちあふれている。貴族や裕福な商人、それ以外の人たち、明確に区分された身分制度。それらは白蓮のいた世界にはないものだった。白蓮の世界は形式上、一国の指導者の命も、乞食の命も同等という建前があったのだ。無論、それが建前であることは子供の時分から知っていたが、それでもその建前さえないこちらの世界との差には大いに苦しんだ時期がある。

「あの娘は善い家族に恵まれた。善い人々に恵まれすぎたのだ。それは幸運なことであるし、あの娘の財産であるが、いつかその幸福な環境をうらめしく思う日もくるだろう」

　願わくは――、白蓮は続ける。

「そのときがなるべく早く訪れるといいが。誰かの命を代償にして気がつくことがないといいが」

　それが医者として先達の白蓮の偽らざる感情であるが、その感傷的な考えはすぐに忘却する。白蓮にはやることがあったのだ。陸晋少年に命じる。

「陸晋、これから商家の親父の腹を切り裂いて、小金を稼ぐ。手術の用意をしろ」

「はい。まずはメスの消毒ですね」

「そうだ。開腹手術を行う」

「麻酔の用意も必要ですね」

「ああ、診なければ判断出来ないが、おそらく盲腸かなにかだろう。倒れるまで放置していた癌《がん》ならばなにをしても無駄だが、救ってやれるのならば救ってやりたい」

「さすがは白蓮様です」

陸晋は白蓮を称揚すると、忙しく動き回り始めた。手術道具の用意を始める。

白蓮は軽い食事などを済ませる。ひとたび手術室に入れば、数時間、立ちっぱなしになるからだ。その間、水分を取ることしか出来ない。手術中に倒れればそれは患者の死に繋がるのだ。

「紺屋《こうや》の白袴《しろばかま》、医者の不養生は笑えない」

そう漏らすと、白蓮は患者がやってくるのを待ち構えた。


一方、その頃――。

若い母親に案内され、香蘭は貧民街の一角にある広場へと向かった。

木々が生い茂り、ちょっとした林になっている。虫などがたくさん取れ、子供たちの遊び場になっているようだった。そこにある大きな木の下に子供が倒れていた。その木の上から落ちたのだろう。周囲に遊び相手と思われる子供、それに心配げに介抱をしている大人がいた。

彼らは母親の姿を見るなり、彼女の名前を呼び、心配げに話し掛けてくる。

「京《きょう》さん、先生は見つからなかったのかい？」

横にいる香蘭を医者だと認識出来なかったのだろう。落胆している。しかしまあその気持ちは分かる。香蘭は医者ではなかったし、自分でも小娘である自覚はあった。むしろ自分を見て頼もしく思ったものがいたら、そのものの正気を疑う。

　ただそれでも今の自分に出来ることはしたいし、一刻も早く子供を救いたかった。それには自分に医術の知識があると伝えるのがてっとり早いだろう。香蘭は自分が陽診療所の娘であること。医者の卵であることを伝える。骨接ぎの知識があることも。周囲の者は少しだけ安堵《あんど》したようだ。

　香蘭は子供を診る。子供は顔面が蒼白《そうはく》だった。苦痛にうめくこともない。痛みのあまりしゃべることも出来ないのだろう。〝そう思った〟香蘭は即座に少年の腕を診る。たしかに皮膚が裂けており、そこから骨が飛び出ていた。

「開放骨折か」

　この種類の骨折は見た目にも痛いが、本人もとても痛い。しかし、骨折の中では比較的ましなほうと言えた。もしも骨が粉々に砕けていれば香蘭の技術では手の施しようがない。骨を接ぐのを諦め、自然治癒に頼るしかない。その際はほぼ確実に患者に後遺症が残る。それは患者が生涯、障害と向き合い、不便とともに暮らすということであった。

　まだまだ子供である少年には厳しいものがあるだろう。ただここまで思い切り良く折れていれば、逆に骨接ぎをしやすかった。骨を元の位置に戻すときにとてつもない苦痛がともなうが、それさえ我慢出来れば骨が元通りになる可能性が高かった。香蘭は周囲の大人に林に生えている竹を切り取ってくるように命じる。それを添え木代わりにするのだ。竹片から銜《くわ》え木を作る。それを少年に咥《くわ》えさせ、痛みに耐えさせる。あとは消毒用のお湯と度数の強い酒、それに傷口を縫合する針と糸が必要だった。

明快に指示を飛ばす香蘭、それを見て周囲のものの香蘭を見る目が変わる。少なくともただの小娘だとは思わなくなったようだ。周囲の大人は率先して香蘭の治療に加わってくれた。

痛みで苦しむ少年。骨接ぎをし、傷を縫合するとき、少年は暴れたが、それも周囲の男たちの協力で乗り切った。最終的には痛みで気絶をしたが、そちらのほうが助かった。気絶してもらったほうが治療しやすいのだ。

香蘭は傷口を縫い合わせると、「ふう……」と額に流れた汗を拭う。一仕事終えた解放感を体外に放出する。するとひとりの婦人が白湯を持ってきてくれた。長時間の作業のあとに飲む白湯は別格の美味さであった。

すべての治療が終ると、少年は目を覚ました。痛みは引いていないようだが、苦しいながらも「ありがとう」と言ってくれたのが嬉しかった。少年の母親は紙に銅銭を包んで渡そうとするが、香蘭はそれを受け取らない。きっぱりと断ると、その場をあとにした。

白蓮診療所に戻ったのは、一応、事後報告をしようと思ったのだ。白蓮が少年のことを気に掛けているとは思えないが、それでも心の片隅には記憶が残っているだろう。それを刺激したかった。

それに商家の父親のほうも気になる。腹痛で倒れたらしいが、どのような治療をするか、興味があった。白蓮は開腹手術の名手であるらしいから、腹に出来た出来物を取り除いているのかも知れない。どのような麻酔薬を使っているのか、どのような道具を使っているのか、どのような技術を持っているのか、医者の卵であるものには興味が尽きることはなかった。

そんな思いを抱き、白蓮診療所に戻ったのだが、白蓮はちょうど手術の真っ最中であった。手術室に入ると緊迫した空気が伝わってくる。腹はすでに開腹されており、腸と思《おぼ》しき箇所に短刀を入れていた。かなり小さな短刀であるが、驚くほど切れ味が鋭い。東方の刀を思い起こさせるような切れ味だった。それだけでなく、技倆《ぎりよう》もとてつもないと理解する。

まったく迷いのない短刀裁き、人体の構造を知り尽くしているのかもしれない。黙々と、正確無比に短刀を操る。

「……すごい」

思わず賞賛の言葉が漏れ出る。

(……父上よりも上手《うま》いかもしれない。……いや、確実に上手いだろう)

香蘭の父、陽新元は医道の麒麟児《きりんじ》と呼ばれた祖父と比肩しうる名医である。宮廷医を辞してから街の診療所を開き、毎日のように患者を診ているが、このような腕前はなかった。いや、父上だけではない。この国の外科手術といえば麻酔もどきを掛けて皮膚の上にできた出来物を取るか、壊死《えし》した手足を切るかくらいの水準である。それを考えれば白蓮の技術は突出していた。

(……一体、何者なんだ？　この人は)

八割の賛嘆、二割の不審を抱きながら観察していると、白蓮は香蘭のほうを見ずに話し掛けてくる。

「——どうやらこの親父は盲腸だったらしい。盲腸の手術は簡単だ。こうやって盲腸を取り除けばいいのだから」

白蓮はそう言うと鮮やかな手つきで盲腸を切り裂く。

「いいか、これが炎症を起こしている盲腸だ。健康な盲腸とは違うだろう？」

と言われても開腹手術の経験がない香蘭には今ひとつ分からなかった。しかし、食い入るように見つめる。このような貴重な経験は出来ないと思ったのだ。

「なかなかに見所があるな。普通、おまえの年頃の女は臓腑《ぞうふ》を気持ち悪がる」

「医者の娘ゆえに」

間接的に答えると、白蓮の口元がほころんだような気がした。無論。気がしただけだ。白蓮の口元は白い布で隠れていた。患部を取り去った白蓮は軽く一息つくと、開いた腹を閉じる。縫合の腕も一級品であった。皇帝専属の縫い子ですらこのように鮮やかな手つきはしていないだろう。それくらい丁寧で素早い縫合だった。改めて感嘆していると、白蓮は尋ねてくる。

「さて、少年のほうはどうなった？」

やはり白蓮は少年のことを心の片隅に置いていたらしい。少しだけ嬉しくなったが、香蘭は表情に出さずに言った。

「やはり開放骨折でした。骨を接いで、消毒し、縫い合わせました」

「ほう、この短時間で。やるではないか」

「ありがとうございます」

「素直なのはいいことだ。商人にしこたま謝礼をもらえるから、その金で飲みに行こうと思っているが、おまえも付いてくるか？　おごるぞ」

白蓮は守銭奴ではあるが、吝嗇《ケチ》ではないようだ。馴染《なじ》みの妓楼《ぎろう》に連れて行ってくれるそうだが、丁重に断る。

「あなたとはもっとお話ししたいですが、そのような場で説得をするのは無粋でしょう」

「なるほど、弁《わきま》えているじゃないか。じゃあ、ひとりで行かせてもらうが、その前に一応、確認しておくが、少年のほうの処置、間違いないのか？」

「はい、骨接ぎは完璧なはずです。ただし、障害が残らないとは断言出来ません」

「そうだな。この世界には便利な固定器具《ギプス》などはない。すべては医者の勘と経験で骨を接がなければいけない。完璧など望みようもないが、俺が言っているのは少年の怪我が本当に骨折だけだったか、ということだ」

「――どういうことでしょうか？」

不審な表情で尋ねると、誰かが診療所の門を激しく叩く。

「白蓮様、白蓮様、お医者様、お医者様、うちの息子が口から泡を吐き出し、倒れてしまったのです。どうかうちの息子をお救いください」

彼女は先ほどの少年の母親だった。先ほど骨接ぎをした少年の容態が急変したらしい。

「な、どうして？　処置は完璧だったはず」

その言葉を否定する白蓮。

「完璧ではなかったのだろう」

「しかし、たしかに骨接ぎは成功したんですよ」

「骨接ぎはな。おそらく、少年は木から落ちたとき、頭を打っていたのだろう」

「頭？　彼の母親は頭は打っていないと言っていましたが？」

「少年の母親は少年ではない。いや、少年自身の発言だったとしてもそれを信用してはいけない」

　白蓮は冷静に続ける。

「少年の診察をしたとき、少年の頭部を確認したか？　少年に頭を打ったか問診したか？」

「……していません」

「そうか、開放骨折をした少年を見て動揺したのだな。折れた骨ばかりに目がいってしまったのだろう。ただ、どのような患者にもまず問診をする。意識が混濁していないか、脳が正常に動いているか、質問によって確かめるのが医者がまず先にやるべきことなんだ」

「……たしかに。わたしの不徳のいたすところです」

「この世界の医者でそれを徹底しているものを見たことがないがな。まあ、俺も母親の言葉を信じてしまったのは事実だ。事前に注意をうながすべきだった」

　白蓮は一言も香蘭を責めることなく、母親に指示をする。

「今すぐ少年をここに連れてこい。俺が処置をする。ただし、俺の腕は安くはないぞ」

「息子が救われるのであれば、この身を売っても後悔はありません」

「その言葉忘れるなよ」

　白蓮はそう言うと息子の到着を待った。

男たちに慎重に担がれながら、少年は手術室に入ってくる。昏倒《こんとう》状態で一言も発することはない。白蓮は閉じた少年のまぶたを開かせ、状態を確認する。頭部を慎重に調べ、傷を確認する。

「やはり木から落ちたと同時に頭を打ったようだ」

「……やはり。わたしが気がついていれば」

「どうにもならんよ。おまえさんは開頭手術は出来まい」

「……はい。——って、開頭手術ってなんですか、もしかして頭を切りひらくというのですか⁉」

「そうだが？」

さも当然のように言う白蓮。なにか問題でも？　という感じだ。

「問題大ありです。この少年を殺す気ですか」

「生かす気だよ。俺は医者だ。医者の使命は患者を救うことだよ」

そう言うと白蓮は言う。

「黙って俺の言うとおりにしろ。手術を手伝え。かなりの力仕事だぞ」

白蓮の言葉には有無を言わせないものがあった、それに時間がないのも事実だった。医療というのは速さと正確さが重要なのだ。それくらいのことは香蘭も理解していた。

なので白蓮に逆らうことなど考えてもいなかったが、見慣れぬ器具を渡され、ぎょっとしてしまう。

「……これは？」

「これは螺旋器具《ドリル》という機械だ」

「螺旋器具？　この螺旋《らせん》状の機械が？」

くるくると取っ手を回すと螺旋状の矛先が回転する。

「まさかこの先を頭蓋骨に刺し、穴を開けるつもりじゃ」

「それ以外に用途はない」

「馬鹿な。ありえない。そんなことをすれば患者は死にます」

「このままでも死ぬよ。少年は頭の中に血が溜《た》まっているんだ。地面に頭を打ちつけられたときに内出血をしたんだ。それが脳を圧迫して意識を奪った。つまりその血を抜かないと死ぬ」

「理屈は分かりますが、頭に穴を開けられて生きていた人物をわたしは知らない」

「ここは違う世界。後漢《ごかん》と呼ばれた時代。華佗《かだ》と呼ばれる医者がいた。紀元二〇〇年の頃の話だ。彼はまだ麻酔すら発明されていなかった当時、患者の頭蓋骨を切開し、手術を行っていた、という記録がある」

きょとんとしてしまう。後漢という国も華佗という男も知らなかったからだ。

「さらに大昔、アステカと呼ばれる地でも頭部切開手術は行われていた。こちらは書物ではなく、古代の遺跡から証拠がわんさか出てきた。頭部に切開のあととそれが治癒した痕痕がある頭蓋骨が山ほど見つかったんだ」

「…………」

つまりなにが言いたいかと言えば、と白蓮は続ける。

「頭部を切開し、そこにできた血栓を取り除くのはそんなに難しい手術ではない、ということだ。正直、器具さえあればおまえにも出来る」

そうは言うがとても自分には無理だ、と言うと白蓮は笑う。

「安心しろ、実際には俺がやる。おまえは助手を務めるだけだ。そうだな、おまえは神を信じるか？」

「神仙の類は信じていません」

「ならば自分の両親と自分の信念を信じろ。自分の直感を信じろ。おまえは俺のことを守銭奴だと蔑むが、俺の実力は評価しているのだろう？　それが間違いではなかったことを証明してやる」

白蓮は不敵に微笑《ほほえ》むと、螺旋器具を消毒し始めた。煮えたぎったお湯に浸したのだ。

――前代未聞の手術が始まった。

少年の頭蓋骨に穴を開け、そこから血栓を取り除く。

言葉にすれば単純だが、それは想像以上に難しい手術だった。

白蓮は香蘭に少年の頭を剃髪《ていはつ》させる。穴を開けやすくするため、黴菌《ばいきん》が入らないようにするための処置である。その間、白蓮は麻酔薬を用意している。

「……これで命が救われるならばいいのだが」

そう思ったが口にはしない。白蓮が集中を始めたからだ。白蓮は見たこともないような真剣な表情をすると頭皮の一部を短刀で切り裂く。

「なんて鋭利な短刀だ」

香蘭が率直な感想を漏らすと、白蓮は言う。

「これはメスというものだ。まあ呼び名はなんでもいいが、この中原国で一番の刀匠に作らせた」

なんでも特殊な合金を用いるらしいが、金属の配分は秘密らしい。

「刀匠との約束でね。こればかりは教えられない」

そううそぶく白蓮の額を拭う。汗が出ていたからだ。

「夫唱婦随の妻のように気が利く」

香蘭の顔が真っ赤になる。

「――冗談はやめてください」

「たしかにそうだな。からかうと本気で惚《ほ》れられてしまいそうだ。おまえみたいに口やかましそうなのを嫁にはしたくない」

「こちらもあなたを夫にする気はない」

断言すると白蓮は螺旋器具を所望する。

香蘭が念入りに消毒した手でそれを渡すと、白蓮は少年の頭に螺旋器具を慎重にあてがう。そして迷うことなく回転させ、頭部に穴を開ける。ごりごり、嫌な音が手術室を包み込む。

少年の頭蓋骨は徐々に掘り下げられるが、一歩間違えば脳を傷つけ、少年は死んでしまうだろう。――にもかかわらず白蓮は気負うこともなく、恐れることもなく、淡々と螺旋器具を回し続ける。彼の後背からは確固とした自信と信念が伝わってきたが、もしもそれを言葉にして伝えれば彼はこう反論するだろう。

「そんなもんで人が救えるか。人を救うのは技術だ」と。

短い付き合いであるが、白蓮の人となりを把握し始めていた香蘭は黙って彼の補佐をした。白蓮は数刻、針の穴を通すような集中力を持続させると、少年の頭蓋骨の内側に溜まっていた血液を抜くことに成功した。

頭蓋骨の内側から噴き出した血の量は想像以上だったが、それでも香蘭は恐れることはなかった。その血が抜けることで少年が救われると確信していたからだ。その後、頭蓋骨に空いた穴に人工的な骨をあてがい、傷を縫合する。

少年の開頭手術は無事に成功し、少年の命は救われた。

†

数日後、頭に包帯を巻き、診療所の寝所で林檎《りんご》を食べる少年。それを食べさせる母親。微笑ましい姿だが、母親はすぐに診療所をあとにする。少年の治療費を払うため、針子の仕事を掛け持ちしているのだという。彼女だけでなく、父親も朝晩なく働いているようだ。

その姿を見て哀れに思うが、香蘭は差しで口を挟むことはなかった。なぜならば彼ら家族が幸せそうに見えたからだ。それにここで手術費を値切るようなことを言えば少年の命の値段を値切るような気がした。それはきっと彼らを侮辱する行為なのだ。その考えを白蓮に伝えると、彼は「ふんっ」とつまらなそうに鼻を鳴らし立ち去っていった。

「ふふふ」その光景を見ていた陸晋少年は微笑む。

「白蓮先生は素直ではないですね」

たしかにそのとおりなので首肯すると、陸晋少年は香蘭についても言及する。

「素直ではないといえば、香蘭さんも素直ではありませんね」

「どういう意味だ？」

「いえ、ここのところ毎日診療所に来ているのに、肝心の用件を先生に言わない」

「……わたしはただ少年の見舞いに来ているだけだ」

「そうなんですか？　僕には先生に謝罪し、弟子入りをする機会をうかがっているように見えますが」

やはり分かるか？　と言えないところに自分の狭量さ、未熟さが詰まっているのだろう。たしかに香蘭は白蓮の見事な〝西洋医術〟に惚《ほ》れ込《こ》んでいた。祖父とは対極にある彼の哲学に興味を持ってしまっていた。彼のもとに弟子入りをし、医療を学べば自身が成長出来る。なにか違った光景が見えるようになるような気がしていた。

それがなんであるか、まだ言語化出来ないが、自分は変わることが出来る。医道科挙に合格することが出来ずにくすぶっている自分を鼓舞し、叱咤《しった》することが出来ると思っていた。

ただ問題なのは陸晋少年が言うようにどうやって白蓮に謝罪し、彼に弟子入りを願うか、なのだ。そのきっかけがほしい、と思っていたところに、陸晋少年がそれをくれる。

「香蘭さんがまだ素直になれないのは先生のことを勘違いされているからではないですか？」

「というと？」

「先生が守銭奴の人でなしだと思っている部分がまだあるのでしょう。例えばですが、金持ちの商人と貧乏人の少年、迷うことなく金持ちの老人を選んだことに反感を持っているのでは？」

「たしかに。あのときはむかっとしたし、今も釈然としないものがある」

「先生は自己弁護をされるような人ではないので僕が申し上げますが、あれば〝識別救急〟です」

「識別救急？」

「はい。〝西洋医術〟の普遍的な概念のひとつで、緊急時は重篤な患者から順に診療するという鉄則なんです」

「鉄則……」

「そこに身分の上下はありません。金持ちだろうが、貧乏人だろうが、老人だろうが、少年だろうが、違いはありません。極論を言えばあの場に皇帝陛下がいても先生はその鉄則を守ったことでしょう」

「……皇帝がいても」

「そうです。この国で一番偉い人も乞食も同じ命。それが先生の考え方なんです」

「…………」

「さらに言えば〝識別救急〟は重篤な患者の中から、助かる見込みが高いほうから治療をするというのも大前提なんです。あのとき、もしも先生は老人に助かる見込みがなければ放っておいて少年を治療に行ったでしょう。ですが、あの時点では老人は助かる見込みがあった。だからより重篤だと思った老人の治療を優先したんです。それが先生の正義なんです」

なかなか理解してくれる人はいませんがね、と苦笑いを浮かべる少年。

その考え方は正しいような気がした。仁のひとつの形だと思った。

香蘭の父祖は医は仁だというが、ふたりは宮廷医だった。もしも皇帝と市井の民、双方から同時に医を請われたとき、彼らは命を平等に扱えるだろうか。自分はどうだろうか。

「……無理だろうな」

そう考えるとますます白蓮という男に興味が湧く。香蘭は素直になることにした。茶をすすっている白蓮のもとへおもむき、頭を下げた。彼に今までの無礼を謝罪し、弟子入りを許してもらうように頼み込んだのだ。

白蓮という男の性格上、容易に許してくれることはないだろうが、それでも香蘭は必死に頭を下げ、彼がうなずいてくれるのを待った。

陸晋少年はその光景を微笑ましげに見つめながら、自分に後輩が出来ることを願った。

二章　醜い官吏と火傷の娘

貧民街にある裏ぶれた診療所の医者に弟子入りをしたい、と言って喜ぶ親はこの世に存在しないだろう。ましてや陽家は代々宮廷医を輩出する名門、父母は教育にとても厳しい。話せば必ず反対されると思ったが、話さないわけにもいかなかった。

香蘭は父母の叱責を覚悟に明日から白蓮診療所に通うことを告げるが、意外なことに怒られることはなかった。母親はさらに娘が行き遅れることを心配したが、娘の人を見る目には一目置いていてくれた。

「あなたが弟子入りを志願するくらいなのだからいい人なのでしょう。今度、連れてきなさいな」

これはもしかしたら白蓮を入り婿にしようという遠大な計画があるのかもしれないが、それは遠回しにお断りする。

「母上、あの方はわたしの師です。あの方はわたしのことを異性だと思っていないし、わたしもあの方を異性だとは思っていません」

「まったく、あなたにとっての異性なんているのかしら」

つまりませんね、とは母の言葉だが、面白い面白くないでことの軽重を図らないでほしかった。

問題なのは両親、特に父のほうが診療所に通う許可をくれるか、であるが、香蘭は先ほどから沈黙している父の顔を覗《のぞ》き込《こ》む。本来、父はここまで寡黙ではないが、なにか重要なことを決めるとき、二日でも三日でも黙り込み、考え事をする。今も黙っているということはこのことが重要であると認識しているのだろう。香蘭も同じように黙り、父の前に座ると、父は瞑想《めいそう》するかのように閉じていた瞳を見開いた。

「母さんの言うとおりだ。おまえが見込んだ医者ならばきっといい医者なのだろう」

「父上とは違う哲学を持った医者です」

守銭奴であること、性格が独特であることは隠す。

「おまえは医道科挙に合格出来ずに悩んでいた」

「はい」

「本来ならばおまえは医道科挙に合格出来る実力がある。しかし、女の身であるからそれが叶《かな》わないのだ」

「…………」

それは知っていた。自分が試験で平均点以上を取っていたことを。科挙という制度には家柄や財力などが加味されることはない。基本的に公正な制度なのだが、ひとつだけ明らかに差別されている箇所がある。それは「性別」だ。女だからと評価を低くされるわけではないが、毎年、女の合格者の枠が決まっていて、二、三人合格すればいいほうであった。それを聞くと不公平だと声高に叫びたくなるが、これでもまだましなほうなのである。

この改革は数代前の皇后が、「女人にも機会を」と皇帝に進言したことで始まった。お妃《きさき》様は女性の権利についてなにやら考えるところが有ったらしく、直接的に、あるいは間接的に政治に口を挟み、女人の権利を向上させた。

そのときも渋る皇帝に「わたしの身体を男の医者に見せたくないのです」と言い張ったらしい。皇后を溺愛していた皇帝は、その策によって女人に医道科挙の門戸を開いたのだ。

やっと開いた女医師の道だが、まだまだ後進的であり、開明的で公正だと胸を張ることは出来なかった。

ただ香蘭はそれを言い訳にするつもりはない。そのことを父親にも宣言する。

「たしかに医道科挙は女には厳しい世界です。しかし、それでも合格者がいないわけでない。その枠には入れないのはわたしの不徳のいたすところです。要は科挙を受ける女人の中で一番になれば合格出来るのです」

「さすがは我が娘。門が狭きを嘆くのではなく、己の才覚が足りないことを嘆くとは。

誰にでも出来ることではないぞ」

「有り難いお言葉ですが、是非とも結果を残したいです」

「つまりどうしても医者になりたいと？」

「はい。祖父のような仁義あふれる医者に、父上のような立派な医者になりたいです」

「そのためには白蓮なるものへの師事が必要だというのだな」

「白蓮さん……、いえ、白蓮殿はわたしに違った考えを与えてくれました。彼の考えをもっと吸収したいです」

その言葉を聞いた父は表情を緩め、こくりとうなずくと言った。

「あいわかった。それではその診療所に通う許可を出そう。白蓮殿のもとで勉強をする許可を出そう。思う存分、医術を学んでくるのだ」

「ありがとうございます」

深々と頭を下げる香蘭だが、ひとつだけ後ろめたいことがあった。それは白蓮に師事するための謝礼を払わなければいけないのだ。守銭奴である白蓮は「タダ」で医術を教えてくれるわけがなかった。そのことを言いにくそうに告げると、父親は闊達《かったつ》に笑った。

「はっはっは、なにかと思えばそんなことか。最高の師に師事するには最高の謝礼が必要なものだ。香蘭よ、気にするな。金を惜しむ気はない」

父親は「で、いくらだ？」と尋ねてきたが、香蘭は正直に額を言う。

「金子二〇枚です」

「…………」

その額を聞いた父親はさすがに鼻白んだ。金子二〇枚といえば庶民一家族が一年間暮らせるほどの額であった。ただ父親はすぐに表情を取り戻すと使用人に金子を持ってこさせる。なかなかの度量だが、それを受け取っても香蘭の顔が晴れることはなかった。なぜならばもっと言いにくいことを腹に溜めてしまったからだ。香蘭は密《ひそ》かに溜め息を漏らした。

（……言えない。どうしても言えない。金子二〇枚は月謝であることを……）

香蘭以外のものは白蓮への弟子入り料、持参金が金子二〇枚だと思っているようだが、実は違うのだ。金子二〇枚という額は白蓮への「月謝」にしか過ぎない。つまりこの額を毎月納めなければならないのだ。それは素封家である陽家でもなかなか難しいことであった。

（……まったく、なんて酷い男なんだ）

香蘭は白蓮の意地の悪い表情を思い浮かべる。美男子に分類される男だし、尊敬も出来るが、こと金銭感覚では一生折り合うことはないだろう。

ただそれでも香蘭は最初の月謝は払うつもりでいた。なんとか説得して、二ヶ月目以降の月謝を負けてもらうつもりなのだ。白蓮とて鬼ではない。話せばきっと分かってくれるはずだった。

それが白蓮診療所に到着し、月謝を払ったときの言葉だった。開口一番に礼を言われるとは思っていなかったが、まさか口を開く前に否定されるとは思わなかった。

「駄目だ」

「駄目だと言うのはなんのことでしょうか」

「おまえは月謝を出すとき表情を変えた。おそらく、来月からの月謝を値切ろうとしているな」

「…………」

医者は観察力に優れていなければやっていけないが、まさかここまで神懸かった推察力を持っているとは思わなかった。

「これは推察ではない。読み書きが出来れば誰でも分かる。つまり、おまえの顔に書いてあるのだ。なんとか月謝を負けさせようと」

「…………」

事実なのでなにも言えないでいると、白蓮は続ける。

「結論を言えば答えは〝否〟だ。おまえの月謝は一銭も負けない」

「……弟子となる身なので強く言うことは出来ませんが、あまりにも高額な月謝ではありませんか」

「俺にはそれだけの価値がある。市場価格だ」

そう言い切ると白蓮は香蘭に二の句を継がせない。

「ともかく、負からないものは負からない。来月の月謝を払えなければここにはくるな。そして今月の月謝を無駄にしたくなければさっさと働け」

「…………」

まったくもってその通りだった。月初めから来月のことを考え、今月のことがおろそかになれば父に申し訳がなかった。なんとか元を取らねば。そんなふうに思いながら、白蓮の指示を待つ。この男は守銭奴で風変わりだが、医術の腕は一流であった。きっと香蘭にはないものを教えてくれる。それはとても有り難いことだった。

白蓮診療所と書かれた看板の前の道を掃除する。さっさっさという音だけが木霊する。門前の掃き掃除をしているわけであるが、このようなことは陽家の診療所でもやったことはなかった。香蘭は一応、陽家のお嬢様なのだ。使用人の仕事は生まれてから一度もやったことがなかった。

屈辱とは思わないが、掃き掃除を始めて半刻《はんとき》、思いのほか多い落ち葉にうんざりし始めたのはたしかだ。そんな香蘭に声を掛けるものがいる。白蓮の小間使いである陸晋少年だった。陸晋は白蓮とは対極にある人の好《よ》い笑顔を浮かべながら、己の箒《ほうき》を持ってやってくる。

「お手伝いします」

と横に並んだ。なんという善い少年だろうか。白蓮の小間使いをしているというのに主人の色にまったく染まっていない。まるで聖人君子のような笑顔だ。そのことを伝えると彼は困った顔をした。肯定すれば主への愚痴になるからだ。どのような場合でも悪口を言わないその清廉《せいれん》な態度にさらに感銘を受けると、少年は言った。

「香蘭さん、高い月謝を払ったのに、このような仕事をさせられ、納得がいかないという顔をしていますね」

「有《あ》り体《てい》に言えば」

今さら取り繕っても仕方ないので正直に話す。

「月謝の多寡《たか》はどうでもいいのだ。わたしには時間がない。来年の医道科挙に合格し、立派な医者になりたい」

「香蘭さんはまだ一六だと聞きましたが」

「一七で医者になれば六〇年は人を救える。——わたしの祖父は七七まで生きて多くの人を救った」

「なるほど、そういう計算なんですね。でも人生には回り道も必要です。それにこの掃除、医療とはまったく関係ないわけじゃないですし」

「というと？」

「その答えはですね……」

と言うと白蓮が診療所の扉を開ける。

「陸晋、小娘に余計な知恵を付けるな」

「あ、先生」

「そんなことよりも喉が渇いた。茶を用意せよ」

「はい」

と笑顔で診療所内に入る少年、途中、軽く振り向き、片目をつむりながら、「頑張ってください。香蘭さんならば絶対に気がつきます」と小声で言った。

白蓮は「ふんっ」と言うと、「向こう両隣も掃除しておくんだぞ。隣人は横着者で掃除をせんからな」と言い放ち、診療所に戻る。横着なのは隣人だけではない、と抗議したいところだが、香蘭は己のあごに手を当てる。

「……この掃除にも意味があるというのか」

陸晋少年の言葉を信じるのならば、この掃除もちゃんとした意味があるらしい。医に繋がるなにかがあるのだ。それに気がつけば自身の糧《かて》となるだろう。そう思った香蘭は身体に活を入れると、今までの倍の速度で身体を動かし、きびきびと掃除を始めた。無論、その間もこの掃除にどんな意味があるのか、考察をする。

掃除と医療、一見関係ないように見えるが、実は繋がっている、というのが陸晋少年の言葉だった。陸晋を足止めした白蓮の態度を見る限り、それは事実なのだろう。掃除というのものは使用人がするものという固定観念がある香蘭にはなかなか察することが出来ないが、実は長時間掃除をして気がついたことがある。

「掃除とはなかなか楽しいな」と。

身体を動かすのは気持ちいいし、自分が掃いた箇所が綺麗になるのもなかなかに気持ちよかった。これは癖になりそうだ。今度、順穂に頼んで掃除をやらせてもらおうか、とすら思ってしまう。ただ、順穂に「お嬢様ともあろうものが下女の真似事をしないでください」と叱られるのは必定であったが。

「しかし、それにしても楽しいな。もしかしてこの気持ちが大切なのだろうか？」

なにごとにも楽しみを見いだす気持ち、それこそが医療にも通底するのでは？　と思った。そう直感した香蘭は診療所に入り、茶をすすっている白蓮に言う。

「白蓮殿、白蓮殿、分かりました。この掃除には意味があるのですね。なにごとにも楽しみを見いだす。それが医に繋がるということです。医者の喜怒哀楽は患者に伝わります。だから出来るだけ楽しい気持ちでいろ、というのが白蓮殿のおっしゃりたいことなんだ」

そうに違いない、興奮気味に言うと、冷徹な返答がくる。

「馬鹿か、おまえは。掃除など楽しがっていたら、一生、三流で終るぞ。掃除など他人に任せろ。楽しみを見いだすな。もっと合理的な考えを持て」

そう言うとけんもほろろに追い出されてしまった。

診療所の外に出ると、「……むう」と唸《うな》る。

「違ったのか。ではこの掃除にどんな意味があるのだろう」

香蘭は掃除をしながらも同時に考察し、新しい考えが浮かべばそのまま白蓮のもとへ向かう。その様を見て白蓮は「犬か」と言ったが、気にせず答えを伝える。

その都度、

「違う」

「おまえには脳みそがあるのか」

「あほう」

と言われるが気にしない。白蓮もその根性を認めてくれたというか、いい加減、うざくなってきたのだろうか。示唆となる言葉をくれる。

「これ以上、示唆は出さないぞ。いいか、この診療所の内外をよく見ろ。そして今までおまえが見たことがある劣悪な診療所と比べろ。それが答えだ」

次、間違えたら、月謝は倍だ、と言い放つ白蓮。そして読み掛けの本を顔に置き、眠り始める。これは次で決めなければ。そう思った香蘭は診療所の内部をよく観察する。

そして過去、見たことがある診療所と比べる。

いったい、なにが違うのだろうか。香蘭は頭を悩ませたが、ふたつほど藪《やぶ》と呼ばれた診療所を思い出したとき、頭の奥底にふと考えが浮かぶ。

「……そうか、そういうことか」

そう思った香蘭はそのまま外へ出ると、掃除を再開した。その姿を本の隙間からちらりと見る白蓮。陸晋少年は「白蓮様はお優しいですね」と言った。白蓮は「ふんっ」と鼻を鳴らすと、そのまま軽く眠った。

一刻後、あくびを漏らしながら背伸びをする白蓮。

さて、小娘の掃除が終ったかな、と確認するため、外に出るとその歩みを止める。

診療所の周囲の景色が一変していたからだ。

「……なんだこれは」

思わず漏らしてしまうが、陸晋が説明する。

「白蓮診療所の門前にございます」

「それは分かっているが、まるで今し方、この世界に構築されたばかりのように清々《すがすが》しいな」

「はい、香蘭様が塵《ごみ》ひとつ残すことなく掃除しました」

「それにしてもすごいな」

　感嘆の言葉を小さく吐くが、白蓮は慌てて言葉を飲み込む。香蘭が増長すると思ったからだ。しかし、弟子になったばかりの小娘は謙虚な娘だった。白蓮に頭を下げると言い放つ。

「医療のため、診療所の門前を〝清潔〟にしました」

「なるほど、その言葉を使うということは俺の意図に気がついたのか」

「はい。白蓮殿が示唆してくださったおかげです」

「まあ、あれだけ示唆すればな」

「はい、助かりました。白蓮殿は、掃除は心がけを大事にするのではなく、清潔を保つためにすべきだと思っているんですね」

「当然だ。まあ、当たり前のことなんだが」

「いえ、普通の家よりもさらに気をつけるべきでしょう」

「そうだな。診療所というのは病人が集まる場所だ。不潔な場所に弱った人間が集まったらどうなる」

「伝染病が蔓延《まんえん》してしまうかもしれません」

「そうだ。駄目な診療所は診療所の前に犬の糞尿《ふんにょう》や酔っ払いの嘔吐物《おうと》が散乱していることがある。そのようなものを放置すれば伝染病が蔓延するかもしれない。特に人間の嘔吐物は危険だ。ノロウィルスや大腸菌などの宝庫だからな」

「聞いたことがない病ですが、危険性は伝わります。それを的確に除去するのですね」

「そうだ。それ自体を取り除くのも大事だが、人間、綺麗なところは汚さないという心理もあるんだ。だから常に診療所の周りを綺麗にしておけば、汚すのを躊躇《ためら》うだろう」

「隗《かい》より始めよ、というわけですね。道理です」

そう言うと香蘭は微笑む。白蓮はそれにつられてしまいそうになるが、咳払《せきばら》いをすると診療所の中にお茶を用意していることを伝える。それに茶菓子も。

「いただいてよろしいので？」

「俺は吝嗇ではない。それに春先とはいえ、野外に長時間居れば身体が冷えるだろう」

女は身体を冷やしてはいけない、と言う。香蘭は素直に従い、先に室内に入るが、それを見届けると陸晋は言う。

「先生はお優しいですね。示唆だけでなく、茶菓子まで用意するなんて」

「金子二〇枚の月謝の一部だよ。安いものだ」

「意地っ張りでもらっしゃる」

陸晋は主の心をそう評すが、白蓮は居心地悪げに陸晋に戻るように命じる。茶を入れるのは彼の役目なのだ。陸晋も室内に消えると、残された白蓮は落ち葉ひとつ落ちていない診療所の風景を見つめる。白蓮は改めてその光景に驚愕《きょうがく》する。

「……俺は向こう両隣も掃除しろと言っただけなんだが、あの娘、この一角すべてを掃除しやがった」

しかも香蘭はそのことを鼻に掛けるでもなく、報告すらしていない。

「あの短時間でよくもまあこんな広域を。しかも完璧に」

先日、手術の助手をさせた際も思ったが、もしかしたら香蘭という娘は極度に集中すると物の見方が変わるのかもしれない。普通、あの短時間でここまで掃除をすることは出来ない。もしも可能だとすれば汚れている箇所を瞬時に見つけ出し、そこを徹底的に掃除するしかないのだ。一見簡単そうに見えることだが、それらを完璧にこなすには広い視野角と、観察眼、それに決断力がいる。つまり医者に必要な能力を持ち合わせているということだろう。

「……まあ、無能ではないということか」

白蓮は香蘭をそう評すと、明日から彼女を鍛えることにした。

ただの掃除から物事の本質を見抜き、白蓮に一目置かれることになった香蘭。白蓮はそんな香蘭をぞんざいに扱うような真似はしない。ただ特別扱いもしなかった。まずは基本である包帯の巻き方から教え込む。香蘭もそのような基本的なことを教え込まれても厭な顔をすることはなかった。温故知新、故《ふる》きを温《たず》ねて新しきを知る、その言葉通り、当たり前の技術から習った。

白蓮は「ほう……」と感心する。普通、素人は基本の基本は厭がるものだが、香蘭はむしろ基本から学び取ろうとする。その姿勢はなかなかのものだった。派手な西洋医療に目もくれないところなど、好感が持てた。

これは鍛え甲斐《がい》がある、と思ったが、口にはせず、患者の問診法を教える。問診に同席させ、白蓮のやり方を教え込むのだ。包帯の巻き方も問診のやり方も、一朝一夕で身につくものではない。毎日の積み重ねこそが大切なのだ。

厭というほどそのことを知っている白蓮は丁重に教え込むが、それが香蘭に届くかは分からない。すべては彼女次第なのだ。さて、その彼女こと香蘭はどう思っているかというと、師匠の想像よりも物事を吸収していた。

†

「さすがは白蓮殿だ」

と素直に師匠の腕前に感心していた。包帯ひとつ取っても巻き方が違うのである。最小の動作で患者に巻く、必要以上に圧迫せず、最適な加減で巻く。それに一回一回包帯を使い捨てにするのだ。酷い診療所はこれの逆をし不衛生な包帯を使い回す。陽家でも衛生に気を遣ってはいるが、ここまで徹底してはいない。

（……どうりで金が掛かるわけだ）

白蓮は患者に高額の治療費を請求することで有名だったが、このように医療用品を一回一回使い捨てにしていれば当然であった。改めて白蓮の考えに敬意を表すが、それを言語化しようとすると、とあることに気がつく。

「……妙だな。先ほどから客足が絶えない」

今、骨折患者の問診と包帯交換を終えたところだが、また患者がやってきた。風邪の患者だ。鼻水をすすっている。白蓮の腕ならば患者が途絶える理由はないが、白蓮が請求する治療費の額を考えればこんなにも患者がくるわけがない。それに身なりも見すぼらしいのが気になった。とても治療費が払えるとは思えない。

「なにか裏があるのだろうか」

素朴な疑問を口にすると、先輩助手である陸晋少年が答えてくれた。

「簡単ですよ。今日は無料診療の日なんです」

「無料診療？」

「あ、分かりませんか？　簡単に言うとタダで診療する日です」

「いや、さすがにそれは分かるけれど」

「ああ、疑問なのは守銭奴である白蓮先生がどうしてそんな奇特なことをするかですね」

「有り体にいえば」

「疑問に思いますよね。でもご安心ください。乱心したわけではありませんから」

酷い言いようであるが香蘭も真っ先に乱心を疑ったので人のことは言えない。

「実は貧民街《ここ》に診療所を開く際、貧民街の〝夜王《やおう》〟と呼ばれる方に相談をしたのです」

「すごい二つ名だ。どんなことをしたらそんな異名を付けられるのだろうか」

「その異名に恥じぬ大物でこの街を牛耳っている侠客《きょうかく》の長ですね」

自慢げに話す陸晋。夜王は貧民街の住民の尊敬を集めているらしい。

「まあ、やくざの首領ともいえるのですが、街を大切にしているのもたしかで、ここに診療所を開く際、土地の確保から建物の手配、地元のやくざへの話し付けまでやってくれたのです。開業資金も出してくれたんですよ」

「それはすごい」

「もちろん、ただではありませんが。先生に援助をする代わりに先生に技術の提供を求めました」

「つまりこの街の住人の治療をしろと言われているのか」

「さすが香蘭さん、理解がお早い」

陸晋は軽く拍手すると続ける。

「先生はあの性格ですから、毎週、日付を決めてその日を無料診療の日にしています」

「しかしさすがに無料だと人が殺到するのでは？」

「ご慧眼《けいがん》です。実際、無料診療を始めた日には患者が長蛇の列で並んで、診療を終えるのにまる一日掛かったことがあります。先生は愚痴を言いながらも一晩中診ていました」

「白蓮殿らしい」軽く微笑む。そのときの白蓮の悪態が浮かんだからだ。

「ですからそれ以来、診療は籤引《くじび》きにしています。よほど重篤な患者以外、籤引きで選んでいるのです」

ある意味一番不平不満がでない方式かもしれない。そう思ったが、籤引きに外れた人のことを思うと、全面的に納得は出来ない。もっといい方法があるのではないか、と考えるが、知恵乏しき身には最良の答えは見つからなかった。

悩んでいると、

「それを見つけるのが香蘭様の使命かもしれません。香蘭様は白蓮様を技術で超えることは出来ないでしょう。しかし、白蓮様とは違った意味で有能なお医者様になるはずです」

と陸晋は慰めてくれた。

「そうなればいいが」

と返すと診療所に客人がやってくる。診療所の扉を叩くものに気がつく。陸晋は不審な顔をする。

「変ですね。今は休憩時間なのに」

白蓮は余程のことがない限り休憩時間に診療はしない。それはこの周辺では有名な話だった。住民もそのことに納得している。医者が休んでいる間も病人の病は進行するが、医者が休まずに働けば結果的に、医者の能力が下がるという考えがあるからだ。馬車馬のように働けば心身を疲弊させ、単純な間違いを犯すようになる。それは患者にもよくないし、長い目で見れば医者の稼働時間も下げるのだ。

香蘭もその考え方には賛同している。それに白蓮は偉そうなことは言うが、緊急性のある患者は昼休みだろうが、夜中だろうが、受け入れる。先日も深夜、産気づいた妊婦の出産に立ち会っていた。一晩掛けて逆子を取り出していた。口は悪いが根はいい人なのだ。――ただ、子供が生まれたという吉事のときくらい治療費は負けてやるべきだと思うが。その妊婦の夫は治療費を払うため、仕事の量を倍に増やしたそうな。

「……師としては尊敬出来るが、人間としては」

本音を漏らすと、診療所の受付から声が聞こえる。

「しつこいな、駄目なものは駄目だ。俺は〝美容整形外科医〟ではない」

見慣れぬ単語が耳に入る。ビヨウセイケイゲカイとはいかなるものなのだろうか？　この診療所にいると西洋医療なる医術の専門用語が交わされることがあるが、中原国の伝統的な医術とはまったく体系が違うので、半分も理解することは出来なかった。

「……ゲカイとは外科医のことだろうか」

外科医という言葉はこの国にもある。外科的な手術をする医者のことだ。出来物を取ったり、手足を切ったりする。ただこの国では外科医と内科医の差はない。どの医師も必要があれば患部を切除するし、どの医師も内服薬を調合する。

白蓮の住んでいた〝国〟では外科医と内科医が明確に分かれていたそうだ。それだけでなく、科目別に分かれ、麻酔を専門的に扱う医者もいると聞く。医者が潤沢なのだろうが、いつかこの中原国もそうなるのであろうか。ならばそのとき、自分はどのような医者になっているのだろうか。興味は尽きないが、今はそれよりも白蓮の怒声が気になった。

香蘭は受付に向かう。そこには土下座をしている青年とそれをつまらなそうに見ている白蓮がいた。陸晋少年はそのふたりの間を取り持とうとしている。香蘭が考え事をしている間に受付に移動していたようだ。働きものである。

「いったい、なにがあったのだ？」

その働きものである陸晋に尋ねると、彼はいきさつを教えてくれた。

「実はこの方の知り合いが顔に火傷を負ってしまったのです」

「なんとそれは大変だ。すぐに治療をせねば」

「それは不要だ」

不機嫌さを隠さず白蓮は言う。

「なぜならば火傷を負ったのは数年前だそうだ。つまりもう完治している」

「なんと」

そのやりとりに異論を挟んだのは頭を地にこすりつけたままの青年だった。彼は地面に向かったまま声を発する。

「いえ、それは違います。彼女の傷は癒《い》えていない。彼女は顔に傷を負ったことにより塞ぎ込んでしまった。火傷をする前は明るく闊達《かったつ》な娘だったのに、今では家の奥に引き籠もっています。まるで悪霊に取り憑《つ》かれたかのように陰気で暗くなってしまいました」

「悪霊ならばまじない師の出番だろう」

「あらゆるまじない師に頼みましたが、駄目でした」

「そりゃそうだ。詐欺師が治せるならば医者はいらんよ」

「そこで先生の噂を聞きつけたのです。どのような傷もたちどころに治し、どのような病も取り去る〝神医《しんい》〟の話を」

「神医か。格好いいではないか。それでその神医はどこにいるのかね」

そこで青年は初めて顔を上げ、白蓮を見つめる。

「なるほど、俺の二つ名なのか」

「はい。少年の頭蓋骨に穴を空け、悪霊を取り払ったという話は町中に広まっています」

「血栓を取っただけだ」

「しかし、頭蓋骨に穴を空けたというのは本当なのでしょう?」

「ま、それは事実だ」

「ならば我が幼なじみの顔を直すことも叶いましょう」

「無理ではないが、厭だ」

「どうしてですか?　治療費はお支払いします」

「理由はふたつだな。別に顔が治ったところでなにもならん。結局は本人の考え方の問題だからな。それに俺は美容整形が嫌いなんだ」

白蓮はなんの忌憚《きたん》もなく、忖度《そんたく》もなく言い放つ。

「さらに付け加えるならばおまえはこの国の下級官吏だろう。着ているものを見れば分かる」

「左様です」

「どうみても金払いはよくなさそうだ」

「生涯、天子《てんし》様よりいただく俸給の半分を差し上げます」

「それでも微々たるものよ。それに俺は月賦《ローン》が嫌いでね。白蓮診療所はいつもにこにこ現金払いが基本なんだ」

「ではいくら必要なのですか」

「そうだな。金子一〇〇枚はほしいな」

「一〇〇枚……法外だ……」

「だと思ったらおまえの娘に対する思いはそんなものなのだよ。そんなことでは後払いにしたとしてもあとで文句を付け、払わなくなるだろう。俺は人の善意を信用していない」

「そのようなことはありません。衛青玉《えいせいぎょく》様のためならばなんでも出来ます」

「おまえはその衛青玉のなんなのだ？　おまえはいい歳《とし》だ。この国のものならばとっくに結婚していなければおかしい。なのに独身ということはその娘を嫁にする気がないのだろう。顔が焼けただれた娘など厭か？　俺に頼んで顔が普通になれば娶《めと》る気か？　そこに愛はあるのか？」

「違います！　俺は青玉様の美醜など気にしない。ただただ彼女の未来を憂えているだけなのです」

「男女の事情に口を挟む気はない。悪いが帰ってくれないか」

「お待ちを。せめて診療だけでも」

懇願する青年。白蓮は表情ひとつ変えることなく言い放つ。

「お引き取り願え、陸晋」

その言葉を聞いた陸晋少年は、青年をなだめながら診療所の外に連れて行く。青年もそれ以上の説得を諦めたのだろう。うなだれたまま立ち去っていった。

その姿をじっと見つめる香蘭。白蓮はつまらなそうに言う。

「なんだ、文句があると言う顔だな」

「あります。あのように真摯に治療を願うものを追い払うのはいかがかと」

「多少の火傷など生き死にには関わらない」

「しかし、顔は女の命。直せばきっと人生が開けましょう」

「その手間暇で今にも死に掛けている患者を数人救えるな」

「…………」

そのような物言いをされると香蘭としても返す言葉がなかった。ただ、今のところこの白蓮診療所には人の生き死にの話はない。幸いなことに今は軽傷の患者しかいないのだ。

もしも医術が人のために存在するのならば、誰かを笑顔にするために存在するのならば、今こそがそれを証明する好機なのでは、人の命だけでなく、人の心も救うのが医術なのならば、彼女を救えばあの青年も救われるのではないかと思った。

そう思った香蘭はなにも告げずに診療所を飛び出した。もちろん、香蘭に火傷を負った顔を元通りにする技術はない。それは承知していたが、治療は出来なくても先ほどの青年と、その青年が好きな青玉という女性の痛みを和らげることは出来るかもしれない。彼らの心に寄り添い、その痛みを理解出来るかもしれない。

白蓮は医は技術だと言う。

香蘭の祖父は仁だと言う。

香蘭はどちらも正しいと思っていた。だがやはりまだ祖父の言葉を信じてしまう。医は仁でありたい、人の心を救うものでありたいと思ってしまう。考察するよりも先に身体が動いてしまうのだ。

そんな香蘭の後ろ姿を見つめる白蓮。彼の溜め息は大きい。

「困った娘だ。無駄なことにいくらでも時間を浪費する。だから医道科挙に合格せんのだ」

「でもだからこそこの診療所にきて先生と出逢《であ》えたのではありませんか」

「そこまで運命的出逢いではないよ。たまたま知り合って、たまたま師弟になっただけだ」

「香蘭様のおかげで診療所が華やかになりました」

「一応、女だからな」

「性分が大きいかと」

「それもある。男みたいなしゃべり方をするし、化粧っ気もまるでないが、根は女だからな」

「彼女を奥方にされるのはいかがです？　一度、ご両親に挨拶をするのもいいかもしれません」

陸晋は冗談とも本気とも付かない口調で言う。

「好みじゃない。俺はもっと艶《あで》やかな女が好きなんだ」

「なるほど、それでは無理強いはしません。しかし、それでも香蘭様は使い勝手のいい助手になるでしょう」

「それは否定しない。掃除も上手いし、包帯の巻き方も上達した。もう少し鍛えればメスの扱い方を教えてやってもいい」

「素晴らしいではないですか、僕なんかよりもよほど器用だ」

「お茶を淹れることに関してはおまえの右に出るものはいないよ。最高の茶坊主だ」

「有り難いお言葉です」

陸晋はにこりと微笑む。

「それに料理の腕前も。この国にも医食同源という言葉がある。俺の胃袋と健康を支えてくれているのはおまえの料理の腕だ」

「光栄です」

「というわけで今夜はそうだな、青椒肉絲《チンジャオ・ロースー》が食べたい」

「分かりました。青椒《ピーマン》をたっぷり入れましょう」

「青椒は少なめ、筍《タケノコ》は多めで頼む」

「承りましたが、その代わり午後は暇をいただいてもいいですか？」

「それは午後の診療を一人でやれ、という意味か？」

「左様です」

「ふん、あの娘が暴走しないようにちゃんと見張っておけよ」

白蓮は鼻を鳴らすと、受付に置いてある名簿を確認した。陸晋の代わりに事務仕事や雑事をやることにしたようだ。面倒くさがりである白蓮がこのようなことをするなど、彼を知るものが見れば驚くことだろう。実は提案した陸晋も驚いていた。

やはり香蘭がきてこの診療所は変わりつつあるようだ。それが良いことなのか、悪いことなのか、陸晋にはまだ分からなかったが、その光景を微笑ましく眺めると、香蘭のあとを追った。

青年のあとを追う香蘭。気落ちした青年の足取りに容易に追いつくことが出来た。香蘭が青年の背中に声を掛けると、青年は自分の姓名を名乗る。彼の名は黄翼《こうよく》というらしい。

†

「近くに馴染みの酒家《しゅか》があります。——未婚の女性を誘うところではありませんが、立ち話もなんですし」

香蘭は素直に従う。ふたりは近くにある酒家に向かった。その店は比較的大通りの近くにある。想像したよりも小奇麗だった。きょろきょろとおのぼりさんのように周囲を見渡してしまう。周りは皆、男性客ばかりだった。女性もいるが、皆、店のものだ。注文を受けるものや酌婦などが目立つ。

「あなたは見たところいいとこのお嬢様のようだ。このような場所、珍しいでしょう」

「はい。まあ、家柄に関わらず酒家に女が独りで入ることはないでしょう」

「ですね。お父上もしっかりとされてそうだ」

黄翼は軽くふたつ隣の席を見る。そこには昼間から酔っ払っている男とその娘がいた。まだ小さな娘である。父親に連れられてきたようだ。周囲の酔客からも可愛がられているようだが、香蘭の父親ならば娘をこのような場所には連れてこない。

さらにいえば父親自体、酒家に入り浸るようなことはない。そもそも家でもあまり酒を飲まないのだ。その娘である香蘭も酒を嗜《たしな》むことはない。というか実は生まれてから一度も飲んだことがない。なので少しばかり興味があったが、年齢と性別を理由に酒ではなく、茶を出された。

半分悲しく、半分ほっとしながら黄翼を見ると、彼は黄酒を注文していた。彼もそんなに酒を嗜むほうではないらしいが、こういう店に来て注文しないわけにもいかないのだろう。

香蘭は黄翼が酒を飲むのを観察する。白蓮は彼のことを下級官吏と呼び、本人もそれを認めていた。この国の役所で働いているらしい。詳しく聞いてみると徴税官をしているようだ。意外ではなく、その身なりから手堅い職業だと容易に想像出来る。しばし考察していると彼は力なく笑う。

「……ははっ、やはり気がつかれますよね」

「ああ、目上の方をじろじろ見てすみません。手堅い仕事をされそうな方だと思ったので」

「いえ、そちらではないです。おれの容姿のことです」

「容姿？」

首をひねる香蘭。

「気を使われなくてもいいですよ。なれていますから。おれの容姿は醜怪でしょう」

「そうなのですか？」

「同僚によく豚の妖怪のようだと言われます」

「たしかに太ってはいますが……」

正直、香蘭は気にならなかった。香蘭は異性の美醜に敏感ではない。母親と京劇に行き、二枚目が出てきても胸が高鳴ることはない。周囲の婦女子が黄色い声を上げても
「なぜ、ここで盛り上がるのだろう」と母に尋ねて呆れさせるくらい美醜に興味はなかった。しかしそれでもなんとなく、世間が基準とする美醜くらいはおぼろげに分かる。

目の前の青年黄翼に婦女子をときめかせる要素がないことくらいは察することが出来た。

——ここは男は容姿ではない、中身だと元気づければいいのだろうか。迷っていると黄翼が答えを教えてくれた。

「いえ、本当に気にしないでください。父母からは幼き頃より外見よりも中身を気にしろと言われ育ってきましたので」

「その通りです。大切なのは中身です」

「はい。まあ、悩んでも仕方ないのでこれ以上は卑下しませんが」

「それがよろしいです」

「ただ、まあ、もっと美男子ならば堂々とした人生を歩めたし、お嬢様にも……」

と言いよどんで、黄翼は慌てて本題を切り出した。

「おれの容姿などどうでもいい。それよりも香蘭様、どうかお嬢様を救っていただけないでしょうか」

「件《くだん》の火傷の女性ですな」

「はい。とても可憐《かれん》なお嬢様です。年齢はおれよりふたつ下で一八となります」

（……黄翼殿は二〇なのか）

それにしては老けているな、と思いながらもそれは口にはしなかった。

「お嬢様は衛家のご令嬢なのですが、おれとは幼馴染《おさななじみ》でもあるのです。幼き頃からよく遊ばせてもらいました」

なんでも黄翼は衛家の使用人の家柄らしい。当時、黄家は衛家の敷地《しきち》にある炭焼き小屋に住んでいた。彼は衛家の当主、青玉の父に気に入られ、勉学を修め、下級官吏になったらしい。つまり衛家は黄翼にとって大恩人なのだ。

「その大恩人のお嬢様が火事によって火傷を負ってしまったのです」

「……それは憐《あわ》れですね。顔は女の命です」

「その通りなのです。結婚を控えていたのですが、それで破談になってしまって。以来、気落ちしたお嬢様は外出を控え、家の奥に籠もっているのです」

「ちなみにその結婚相手というのはあなたではないのですか？」

「まさか。おれは衛家の使用人ですよ。おれはともかく、青玉様はおれのような醜男《ぶおとこ》と結婚するのは厭でしょう」

「あなたのように心清い方ならば伴侶として申し分ないはずだが」

──しかしその娘が望んでいないのであれば、無理強いは出来ないだろう。結婚はひとりでするものではなく、ふたりでするものなのだから。それに黄翼の言うとおり、この国には身分というやつがある。いくら火傷を負っているとはいえ、使用人の子に嫁ぐのは、彼女の両親もよしとしないだろう。

「ならばあなたの目的はそのお嬢様の火傷の傷を治し、彼女を嫁入りさせることなのですね」

「はい」

「それがあなた以外の相手でもいい、と」

「はい」

「あいわかりました。それでは取りあえずその娘さんの火傷の具合を確認したい」

「白蓮先生に診てもらえるのですか？」

「それは約束出来ないが、陽家にも火傷を治す秘伝の塗り薬が伝わっている。気休めにしかならないと思うが、それでもやってみる価値はあるはず……」

香蘭も幼き頃、火鉢の火箸を摑《つか》んで火傷を負ってしまったことがあった。そのときに祖父秘伝の塗り薬を塗ってもらったのだが、すうっと痛みが引いたことを今でも覚えている。軽度の火傷ならばあれを使えばあるいは、という気持ちで提案したのだが、黄翼は優れない表情をしていた。その理由は衛家に行くと判明した。

「……これは駄目だ」

香蘭が黄翼の幼馴染である衛青玉を診たときに発した言葉である。彼女の顔半分、耳元から頰にある火傷、それは深く、広範囲に広がっていた。思ったよりも重症であった。火傷を負ったときはさぞ苦しかったことだろう。容易に想像出来る。

話を聞けば彼女は、使用人の火の不始末で屋敷《やしき》が出火したときに火傷を負ってしまったらしい。黄翼が助けなければ煙に巻《ま》かれて死んでいたという。

衛青玉は心の底からそのときのことを感謝していた――、わけではない。悲しげに「あのときに死なせてくれればよかったのに」と言った。

香蘭としては「そのようなことは言うべきではありません」と諫《いさ》めるしかないが、黄翼は彼女をかばうように言う。

「……花盛りの娘が顔に火傷を負ってしまったのです。許してあげてください」

たしかにその通りであったが、青玉が投げやりになっているのが気になった。ただ、たしかにそのことを突いても仕方ない。彼女のような境遇になれば誰しもが心を病んでしまうだろう。

なんとかしてあげたい、そう思った香蘭は実家から持ってきた祖父伝来の火傷の軟膏《なんこう》を衛青玉の火傷痕に塗る。無論、数年も前の火傷痕を消すような魔法の薬ではない。彼女の両親に使い方を説明すると、毎晩、塗るように指示をしてその日は帰宅した。

帰り道、顔見知りと出会う。同僚の陸晋少年である。偶然はあるものだ、と言うと彼は笑った。その笑いの意味は計りかねたが、彼は香蘭に首尾を尋ねてきた。

「どうですか？　件の娘の様子は」

「重度の火傷だった。おそらくは軟膏では治せない」

「やはりそうですか。火傷というのは厄介な傷で、そうそう簡単に治せません」

「火傷の治療方法は確立されている。とても単純な治療法だ」

「ですね。白蓮先生もおっしゃっていました。火傷は素早い対処をするしかない。それをしたらあとは感染症に気をつけるだけだ、と」

「そうなのだ。今から家に帰って火傷の痕を消す方法を調べる。父上にも聞くつもりだが、おそらく、そのように都合の良い治療法はない。もしもあればすでにその治療法が広まっている」

「ご慧眼です」

「だから傷痕を消す方法よりも、彼女の心の治療のほうに専念したい」

「と言いますと？」

「火傷を気にしない心を手に入れさせる。自分の身近に火傷など気にしない男がいることを思い出させる」

「つまり黄翼さんと縁組させるのですね」

「そうだ。それが一番いいような気がする」

「黄翼さんは自分のことを醜男だと卑下しています。それに家柄が違うことも気にしている」

「おそらくだが、それがいけないのだと思う。黄翼さんがあまりにも自信がないのが事態をややこしくしている」

ここまで青玉のことを思っている男がいるというのに、彼女は彼の胸の中に飛び込めないでいる。火傷を受け入れず、劣等感とばかり向き合っている。それでは幸せは絶対に訪れない。それだけは断言できる。

黄翼にも思うところはあるようだが、今回に限り、傍《はた》から見ると答えは決まっているような気がした。要はすべてが黄翼の自信のなさに起因しているのだ。彼がもっとしっかりとすれば衛青玉はもっと自分を受け入れられるようになるし、彼女の両親も黄翼を信頼するようになるだろう。そのことを話すと陸晋少年は首肯してくれる。

「青玉さんだけでなく、黄翼さんにも心の治療が必要なようですね。仮に白蓮先生の力で青玉さんの火傷を治すことができても、幸せになれるとは思えません」

「陸晋もそう思うか」

　少年はうなずいたので、香蘭は黄翼を説得しようと決意したが、数日後、その決意が無駄になったことを知る。衛青玉の家に次の分の軟膏を届けに行くと、彼女の両親からこんな話を聞いたのだ。

「香蘭さん、聞いてください。娘に吉事があったのです。なんと娘を嫁にもらいたいという御仁が現れたのです。ああ、信じられない。娘の花嫁姿を見られるなんて」

　その言葉を聞いて戸惑う香蘭だが、肝心の黄翼は、「善かった善かった」と涙して喜んでいた。この顚末《てんまつ》を白蓮に報告すると、彼は冷徹に言った。

「馬鹿につける薬はない」

　香蘭としてはその言葉に同意できないが、秘伝の軟膏以外にも薬が必要な気がした。少女の両親の蒙《もう》を啓《ひら》く軟膏、火傷を負った少女の心を氷解させる軟膏、そしてなによりも黄翼に自信を付けさせる軟膏が必要だと思われた。

†

衛青玉に結婚を申し込んだのは、とある商家の息子だった。南都で絹織物《きぬおりもの》を扱う問屋の嫡子である。姓を王《おう》、名を籍羽《せきう》という。

香蘭は軽く彼の評判を調べたが、あまりかんばしくない。家業である絹織物の問屋は傾き掛けているというし、その原因も籍羽にあるというのだ。なんでも彼は典型的な遊び人らしく、家業を手伝うことなく、悪い仲間と遊び歩いているらしい。また彼の両親も際限なく甘やかしているから、とんでもないうつけものとして近隣で名を馳《は》せていた。ただそれでも衛家のものは喜んでいるようだ。なによりも青玉の顔を気にしないと明言しているのが嬉しいらしい。青玉の両親は手放しに良縁だと受け入れた。「花嫁姿を見られるだけで本望だ」と言う。親としては当然の言葉かもしれないが、黄翼も同様に、いや、それ以上に喜んでいるのが香蘭には理解出来なかった。

「ああ、これで青玉は幸せになれる」

と香蘭に話した。香蘭には恋愛経験はない。その存在は読み物の中で知るだけだ。しかし普通は自分の好いた女が結婚するとなれば、やきもきしたり、嫉妬したりするものではないのか。

少なくとも彼のように手放しで喜べる人間は少ない。よほど人が出来ているのか、それとも自分に自信がないのか。どちらかである。おそらく後者なのだろうが、白蓮に相談すると放っておけ、と言われた。

陸晋にさえも同じことを言われたが、ここで放っておくことが出来ないのが香蘭だった。そもそもこの診療所にやってきたのも、噂を聞きつけ、義憤に駆られたからだ。

義を見てせざるは勇無きなり――。

というのは大昔の儒学者が言った言葉である。香蘭はそれと同じ考えを持っていた。

一度、面倒を見たのならば最後まで面倒を見るのも香蘭の特徴かもしれない。

白蓮いわく、「なんにでも首を突っ込み、最後まで居残る悪い見本」なのだそうだが、今さらこの性格は変えられない。香蘭はもう一度、衛家に向かう。黄翼でも両親でもなく、青玉に会うために。黄翼と両親がこの縁談を歓迎していることは知っていた。しかし青玉は分からない。彼女の気持ちを確かめておきたかった。望まぬ結婚であるのならば反対をするし、彼女が黄翼のことを好きならばそれを応援するつもりでいた。

さて、火傷で心を閉ざしてしまった少女の本意はどこにあるのだろうか。先日会ったときも、診療しているときもその心は定かではなかった。ただ世を儚み、窓の外の景色を見ていた。まるで人形のようであったが、彼女は人形ではない。きっと人の心もあるはずだった。それを確認するため、香蘭は衛家に向かった。

火傷の診療のため、と衛家の人に伝えると、快く通してくれた。陽家秘伝の軟膏を塗ると、お嬢様の体調が良くなる。それに心なしか火傷の痕がうっすらとしたような、とのことだが、後者は気のせいだろう。何度診療しても彼女の火傷ははっきりと残っていた。

ただ、体調が良くなっているのはたしかかもしれない。皮膚を火傷すると身体に熱が籠もりやすくなり、健常に過ごせなくなることが多い。青玉も伏せがちだったらしいが、最近、床から起き上がり、窓辺の机で書物を読むことが出来るようになったという。

さすがは陽家秘伝の軟膏であるが、前述した通り、これも万能ではない。体調を整えることは出来ても傷を元通りにすることは出来ない。それに傷ついた心も。青玉という少女は、長年の病床生活で心を傷めていた。折りを見て香蘭は黄翼のことについて尋ねるが、彼女の回答は冷たいを通り越して残酷なものであった。

「あのような醜怪な男の嫁になどなりたくありません」

その返答の苛烈さは凄まじい。青玉は幼なじみである黄翼を蔑んでいるというか、唾棄しているようだった。

「まるで豚のような醜い鼻、それに太った身体、とても正視出来ません」

酷い言われように、香蘭が弁護する。

「たしかに見目麗しい美丈夫ではありません。しかし、その彼の心は綺麗です。君子のようではありませんか」

「綺麗な身体に綺麗な心は宿るのです。それはわたしが証明しています。顔が醜くなったわたしの心はとても醜いでしょう？」

「………」

　香蘭が沈黙してしまったのはその言葉に一理あるからだった。人間、病になると心を歪《ゆが》めるものは多い。普通の人間が容易にやっていることが出来なくなると、どうしても負の感情が湧き出てしまうのだ。

「ですのでわたくしが彼の嫁になるなどありえません。醜きものが醜きものに嫁入りしてなんになりましょうか」

　はっきりとした口調だった。有無を言わせない口調でもあったが、それでも香蘭は諦めるつもりはなかった。元々、諦めが悪いほうなのだが、それ以上に青玉の言葉に納得出来ないものを感じたのだ。いや、言葉ではなく、その瞳の奥になにかを感じたのだ。

　それを言語化することは出来なかったが、たった一度の話し合いで本心を探ることは出来ない。そう思った香蘭はしばらく青玉のもとに通うことにした。

　数日後、香蘭は花を片手に診療に訪れた。鉢植えではなく、切り花だ。青玉には感染症の心配はないだろうが、鉢植えは縁起が悪い。根づくという言葉が寝つくを連想させる。香蘭としてはそのような言葉遊びを馬鹿馬鹿しく思うのだが、世間にはそれを信じているものがいるし、切り花で代用出来るのならばそれに合わせればいいだけだった。

衛家の使用人に花瓶を借り、窓辺に花を生ける。殺風景だった窓辺に清涼感ある風が吹いたような気がした。部屋の中が一気に華やかになったような気がした。その光景をぼうっと見つめる青玉。特に感慨はないようだ。

（この花を素直に美しいと思えるようになれば、彼女の心も晴れるのだろうが）

それにはやはり彼女の葛藤を解決するしかない。火傷を取り去ってあげたいところだが、それは無理なので火傷を受け入れられる精神を養わせるのが一番だと思った。

花を生け終わると日課の軟膏を塗る。心なしか変化が見られる。無論、それは傷のほうでなく、彼女の表情だ。少しだけ打ち解けてくれているような気がした。しかし、相変わらず彼女の唇からは黄翼の悪口しか漏れ出ない。

「彼も早く結婚されればいいのに。醜怪な顔ですが、官吏なのですから、お父様に言えば嫁くらいいくらでもいます」

「彼は幼き頃から醜かった。あだ名は豚の子でした」

「今にして思えば幼き頃からわたくしに色目を使っていたような気がします。ああ、汚らわしい」

　かなり酷い誹謗《ひぼう》中傷である。聞いているだけでむかむかしてきたが、香蘭は反論することなく、黙って聞いた。ここで反論しても彼女の心には響かないだろうし、それにいったん、心の中の毒を吐き出したほうがいいような気がしたからだ。毎日のようにここに通い詰めた香蘭は彼女の表情と心の変化を感じ取っていた。香蘭は会うたびに青玉の本心に少しだけ触れることが出来たような気がしたのだ。

「明日もまたきます」

　と言うと青玉は、

「……きても無駄ですわ」

　と言った。

　ちなみにこれは良い変化だった。連日のように通っているが、別れの挨拶にまともに反応してくれたのはこれが初めてだった。


　翌日、衛家を訪れると香蘭は使用人に呼び止められる。

「今日はお嬢様の機嫌が悪いので診察は中止願えませんか？」

　なんでも朝食をぶちまけ、使用人に枕を投げつけたらしい。王籍羽との結納《ゆいのう》の日が定められると、機嫌を著しく悪くしたというのだ。彼女の精神は追い詰められているようだが、香蘭は気にしなかった。むしろ、そのような状況だから会うべきだろうと思い、彼女の部屋に向かった

青玉の部屋にはぶちまけた朝粥《あさがゆ》が散乱していた。使用人を部屋に入れるのを拒み、掃除もままならぬと見える。

「誰も入れるな、と言ったはずだけど」

部屋を荒らした青玉は不機嫌さを隠さずに言う。

「わたしが無理を言って入ったのです。使用人は責めないでください」

「……そう」

彼女はそれ以上、なにも言うつもりはないようだ。ただ、〝日課〟である黄翼の悪口は別だった。

「あの豚はきっと財産目当てなのです。わたくしと結婚すれば衛家の財産が手に入ります。庶民の彼には目も眩《くら》むような財産でしょうね」

「醜女である今のわたくしを好きだと言っているのは、おそらく、醜女ならば簡単に嫁になると思っているからでしょう」

「黄翼は見た目だけでなくその心まで醜い」

誹謗は冴《さ》え渡《わた》る。毒舌は蠱毒《こどく》のように凝縮されていく。あまりにもな罵倒であるが、

香蘭はまったく腹が立たなかった。その言葉が本心ではないと理解しているからだ。それどころか彼女の心の中には黄翼に対する温かい愛情と強い信頼があると確信するようになっていた。そのことを指摘する。

「心ない言葉を発するたびに、あなたはわたしに愁眉を見せますね——心中、お察しします」

「…………」

香蘭の言葉に青玉は沈黙する。その時間は長い。青玉は呼吸を忘れているかのように微動だにせず壁を見つめると、言葉を紡ぎ出す。

「……なにを言っているのですか？　香蘭さん」

そう前置きをした上で続ける。

「このところ、毎日のようにあなたにお話ししたでしょう。黄翼の悪口を。わたくしは性格の悪い女なのです。黄翼のことを心の底から侮蔑しているのです。最悪の女なのですよ」

「それは違います」

「どこが違うのです。わたくしは幼馴染である黄翼をここまで痛罵しているのですよ。火事のとき命を救ってくれた彼を批難しているのです。人間ではありません。畜生にも劣ります」

「それではきっとそれを理解し、言葉を発しているのでしょう。偽悪というやつです。あなたは黄翼さんのことを思い、言葉を選んでいるのです」

「──そのようなことはありません。わたくしはあのものの嫁にはなりません。王氏に嫁ぎます」

「件の絹織物商の息子ですね」

「そうです。わたくしの顔も気にしないとおっしゃってくれているとか」

「本心ならば見上げた殿方ですが、果たして本心でしょうか。悪い噂も聞きますし、財産目当てかもしれません」

「それでもいいのです。両親も娘が嫁に出ないと心配をするでしょう」

「両親のため？　本当にそれだけですか？」

「それ以外になにがあるというのです」

「本当は黄翼さんのためではないのですか？」

「………」

「いつまでも自分が嫁に行かないと、黄翼さんが結婚出来ない。だから無理に結婚をしようとしているんじゃ」

「あの男は関係ありません」

「そうでしょうか。わたしには青玉さんが黄翼さんのことを強く思っているとしか思えない。あなたが火事に遭った日、炎を見てうろたえる使用人たちを横目に燃えさかる屋敷に飛び込んであなたを救ったそうですね。しかし、黄翼さんはあなたを救ったのにもかかわらず、強く後悔しているとか」

香蘭はそこで一呼吸置くと、続ける。

「なぜ、自分はもっと早く、火に飛び込めなかったのだろう。なぜ、もっと早くあなたを救えなかったのだろう、なぜ、あなたに火傷を負わせてしまったのだろうか、と、自分を責めています。とても優しい御仁です」

「……どこまでもお人好《ひとよ》し」

「そのお人好しのことを愛しているのではないですか？　彼のことを愛しているから望まぬ婚姻をし、黄翼さんを解放しようとしているんじゃないですか？」

「……なにを根拠にそんなことを。わたくしにそんな気持ちはありません」

彼女はそう言うと香蘭から顔を背けた。

「そのようなことが真実ならばその証拠を見せてください。わたくしの胸を切りひらき、そう書いてあると証明してください。医者ならば出来るでしょう」

無理難題を突きつけてくるが、そのようなことは出来ない。意味もなく胸を切りひらけばそのものは死ぬだろう。医者がしてはいけないのは人を殺すことだった。医者の使命は人を生かすことなのだから。ただ、この場に白蓮が居ればそれは可能だと思った。

神医とあだ名される彼ならば、青玉の胸を切りひらくことも可能だろう。そこに真意が書かれているのならば、それを読み解くことも。無論、そのように無粋な真似はしない。そのようなことをしなくても、香蘭は青玉の真意を証明することが出来るのだ。

香蘭は顔を背けている青玉に言い放つ。彼女の心の奥底の心情を言語化する。黄翼を愛している証拠を突きつける。それは簡単なことだった。医術もなにも必要はない。ただ、事実を指摘すればいいだけ。香蘭は淡々とそれを指摘する。


「青玉さん、あなたは泣いているじゃないですか。それが黄翼さんへの愛の証拠です」

見れば青玉の目には大量の涙が溜《たま》っていた。それが頬を伝い流れ落ちていた。青玉は自分の頬を触り、驚愕する。

「……これは塩味の雨でございます。きっと雨漏りでもしているのでしょう」

「そうかもしれませんね。しかし、その雨にはあなたの優しさが詰まっている。その涙は誰かのために流したものなのでしょう？　黄翼さんのために流しているものなのでしょう？　それを否定する必要はありません。どうか、気にせず泣いてください」

「………………」

その言葉を聞いた青玉は顔を歪める。堰《せき》を切ったかのように嗚咽《おえつ》を漏らし始める。

「……うう、香蘭さん。すみません。黄翼、ごめんなさい。わたくしは嘘《うそ》をついておりました。本当は黄翼のことを愛しているんです」

やっと素直な気持ちを口にすることが出来た青玉。香蘭は彼女の気持ちを落ち着けるため、彼女を抱きしめる。その後、しばらく彼女の嗚咽と涙を受け止めると、彼女の真意を聞いた。

彼女は子供のように素直な気持ちで、今までの非礼を詫《わ》び、本当の自分の気持ちを告白してくれた。

幼き頃から黄翼のことを愛していること。

火事で自分を救えなかったことを後悔している黄翼を見て心を痛めていること。

青玉が思い悩んでいるのは主にそのふたつだった。

無論、家柄や両親の気持ち、それと黄翼が求婚してくれないことなども心にわだかまっているらしいが。赤裸々に正直に胸の内を晒《さら》してくれる青玉。その姿を見て香蘭は彼女に共感をする。なんとか彼女の思いを、黄翼の思いを叶えてあげたいと思ったのだ。

黄翼は決して認めないだろうが、彼が青玉に好意を持っているのは明らかだった。恋愛に疎い香蘭ですらそれは見て取れる。ふたりの思いを成就させてやりたいが、「それはやめてください」青玉から哀願される。

「……どうか、このことは黄翼には内密に。わたくしはもう嫁に行く身なのです。たしかにわたくしは黄翼のことを愛していますが、愛と結婚は別物でございます。――いいえ、黄翼を愛しているからこそ、わたくしのような女が側に居てはいけないのです」

彼女の視線の先には鏡がある。そこに映るのは彼女の醜い火傷の痕。彼女は自分の顔を気にしているようだ。

「わたくしが彼のもとに嫁げば世間から〝彼〟が笑いものにされます。醜い男が娶ったのは醜い嫁だったと世間の好奇に晒されましょう。わたくしは彼が笑いものにされるのを見ていることは出来ません」

それならばいっそ――、と遠い目をする青玉。もしもことを強引に進めれば彼女は命を絶つかもしれない。そんな意思を感じさせた。

†

白蓮診療所に戻ると、香蘭は誠心誠意頭を下げる。師である白蓮に頼み込む。

「白蓮殿、どうか衛青玉の火傷を治していただけませんか？」

真摯な気持ちを素直に言葉にした。それに対する回答は簡潔を極める。

「駄目だ」

とりつく島はない。

「…………」

　想定された答えだったので怒色は見せないが、理由は尋ねる。

「理由は単純だ。俺の医療は金が掛かる。この前見せたメスは東から流れ着いた刀匠に作らせたと言っただろう？　あれは一本いくらすると思う？」

「見当も付きません」

　白蓮は額をずばりと言う。想像以上の額に冷や汗が漏れ出る。

「それだけでなく、麻酔薬にも金が掛かる。麻酔薬の調合はすべて自前だ。俺は山林をいくつか所有し、山の手入れもさせているが、その人件費だけでも家が買えるくらいに掛かるんだ」

　薬草も人も勝手に湧き出るわけではない。山を管理し、彼らの生活を保障してやっと良質な薬草が手に入るのだという。

「他にもこの診療所の維持費など金はいくらあっても足りない」

「つまりお金次第ではどうにかしてくれる、と」

「いや──」

　と首を横に振るう。

「言っただろう。美容整形は趣味ではないと。聞くところによると火傷顔でも嫁にもらってくれるという男がいるというではないか、そいつに嫁げば万事解決だ」

「しかし青玉さんと黄翼さんの気持ちが」

「ここは封建的な社会だ。当人同士の気持ちよりも家と家との結びつきが大事なはずだが」

「それでは彼女の心は晴れません。彼女の心に勇気が湧くには、その心の澱《おり》を取り除かねば。もしもこのまま王籍羽のもとに嫁げば彼女は枯死してしまうでしょう。さすれば我々は不幸な人間をこの世にふたり生み出すことになる」

「ならば医療によって幸福な人間を三人作り上げれば帳尻が合うな」

「…………」

正論である。正論であるからこそいつまでも平行線をたどりそうであった。

「やはりあなたは医者としてはともかく、人間としては相容《あいい》れそうにない」

「同感だ」

香蘭は肩を落とすと言う。

「一応、聞いておきますが、仮にいくら払えば治療に応じてくれますか？」

「金子二〇〇枚かな」

「二〇〇枚……」

黄翼に言った額より上がっているではないか、と思った。その額があれば庶民の家ならば複数建つであろう。衛家ならば用立て出来るかもしれないが、おそらく、衛家が用意した金を白蓮が受け取ることはない。一度、治療しないと言い切ったからには初志貫徹するだろう。それに白蓮は守銭奴の闇医者であるが、金を求めて治療をしているわけではない。高額の治療費を請求するのはひとえに彼の治療には金が掛かるからに過ぎない。

患者を選んでいるのは彼がすべての人を治療出来るわけではないからだ。ただ、救うべき人と出会ったときに己の技術を使っているだけ。

——峻別《しゅんべつ》している。彼のことを嫌うものはそう言うだろうが、香蘭はそう思わない。

——効率。おそらく白蓮の心に中にはその言葉が刻み込まれた支柱があるのだろう。あるいは合理的という名の大黒柱もあるのかもしれない。白蓮は冷徹に冷静に、それらの柱を基準に医療をしているに過ぎないのだ。それはそれで尊敬に値するし、見習いたい気持ちもある。

しかし、香蘭にはどうしても真似出来ない。白蓮のように強い心を持つことができないのだ。香蘭は祖父の言葉を思い出す。

「正義の対義語は悪ではない。もうひとつの正義なのだ」

白蓮には白蓮のやり方、自分には自分のやり方があるはずだった。

香蘭は師に頭を下げると、そのままきびすを返した。

黄翼のもとへ向かった香蘭であるが、策があるわけではなかった。

青玉は黄翼のことを思って王籍羽と結婚するという。それは事実なのだろうが、黄翼に情熱がないのも青玉の行動に影響していると思われた。

黄翼が青玉を愛していることを認め、彼女を嫁に、と言えば、すべては好転するはずであった。香蘭は黄翼に素直になるようにうながしたが、彼は首を縦に振ることはなかった。むしろ香蘭を説得してくる。

「香蘭さん、なにを言うのです。せっかく、青玉と王籍羽さんとの婚姻が上手く行き掛けているのに、滅多なことを言うものじゃありません」

「しかし、あなたは青玉さんが好きじゃないですか」

「……その通りですが、それはきっと主としてです。ふたつ年下の妹としてです。彼女のように美しい人は幸せになるべきだ。商家の跡取りならば申し分ない」

「……まったく、どこまでもお人好しな。自信がないのにもほどがある!!」

と言いたいところであるが、それは勝手な言い分だろう。黄翼は幼き頃から自分の容姿に劣等感を抱いているようだ。実の親からも恩人である衛家の人々からも遠回しではあるが、怪異な容貌を指摘されたことがあるという。

かたや火傷を負う前の青玉はまさしく宝玉のような美しさで近所でも評判だったとい

う。身分差も含め、自分とは違う人間だと思い込んでいるのだろう。

たしかにそれは分かる。香蘭の家にも何人か男の使用人がいるが、彼らに特別な感情を抱くことはない。黄翼の考えはごくごく当たり前のものなのだ。しかし頭ではそれは理解しているが、心臓ではそれを理解出来ない。香蘭の心の臓はなんとか説得せよ、と早鐘のように主張していたが、どうにもならないのが現状だった。

脳が沸騰し、居たたまれぬ感情が湧き上がる。人はこのような気持ちになったとき、どうするべきなのだろうか。しばし逡巡《しゅんじゅん》すると、ここが黄翼の馴染みの酒家であることを思い出す。

酒家には酒があるのだ。というか香蘭以外の客は皆、それを飲むためにここにきていた。

香蘭は酒家の店員に酒を所望する。黄翼は慌てて止めるが、この国に未成年が酒を飲んではいけない、という法律はなかった。

店も金を払うのならばいくらでも酒を用意してくれた。こうして香蘭は酒を飲むときの心情を知ることになる。それに自分の体質も。弱めの酒を二杯、口に運ぶと、すぐにほろ酔い気分になり、軽い酩酊《めいてい》感を味わう。厭なことなど忘れて、気分が高揚する。

「……なるほど、酒を飲むとこういう気分になるのか。道理で大昔から皆が飲んでいるわけだ」

診療所には酒で肝臓を壊した患者もくるが、一概に彼らの不摂生を責めることが出来なくなった。厭なことばかりのこの世の中で、酒なしに生きろというのも酷なように思えたのだ。——明日からは酔っ払いにも少しだけ優しく出来る。そう思いながら三杯目の酒を注文したとき、隣から会話が聞こえる。

町の無頼漢という感じの男がふたり話していたのだ。ひとりは盗賊のように小汚い格好をしていたが、もうひとりは上質な衣服をまとっている。絹でこしらえた衣服だった。一目で上流階層だと分かる。接点がないふたりに見えるが、昵懇《じっこん》の仲のようだ。

「兄貴、ご婚約おめでとうございます」

「ああ、ありがとよ、丁《てぃ》」

丁というのは彼の手下の名前のようだ。話を聞く限り、ふたりは共に遊び歩く悪友のようである。酒家の酌婦に酌をさせ、酒を浴びるように飲んでいる。

「支払いは気にするな。なんせ今度嫁にくる衛家はなかなかの素封家だそうな。持参金がたんまり付いてくる」

「そりゃあ、ありがたい。またしばらく遊んで暮らせそうですね」

「ああ、この生活はやめられないよ。まったく、真面目に働いて暮らしているやつの気持ちが分からない。やつらはなんのために生きているのだろうな」

不快な笑いが聞こえる。真面目に働き、その金で酒家に通っているものはさぞ聞き心地が悪いだろう。それに酌婦も。いくら金払いが良くてもこういう客の相手は厭なものである。しかし看過出来ないのは男の口から、

「衛家」

という言葉が漏れたことだ。もしかしてこの男は衛青玉の婚約者である王籍羽なのではないか、という最悪の想像をしてしまう。ちらりと黄翼を見ると、彼も同じ想像をしているようだ。顔が青くなっている。もしもその想像が当たれば最悪であるが、その想像は外れていなかった。

「この王籍羽は遊ぶためにこの世に生まれてきたのだ。戯《たわむ》れるためにこの世に生まれたのだ。俺はまさしく選ばれしもの。こうやって面白おかしく世を生きる才覚を天に与えられたのだ。真面目に働くなど天意に背くことだ」

不遜に言い放つと大声で笑う。子分である丁という男も同意している。酌婦たちは苦笑いを浮かべながら酌をしていた。香蘭はあまりの物言いに席から立ち上がろうとするが、それを黄翼が制止する。すると王籍羽はさらなる暴言を吐く。

「それにしても俺が結婚とはな。これも親父の稼ぎが悪いからだ。他所の家の持参金を頼りにしなければならないとは」

「年貢の納めどきですか」

「まさか、妻を娶ってもこの暮らしはやめるつもりはない。俺は堂々と妾《めかけ》を持つぞ」

「そんなことしていいんですかい？」

「いいに決まっているだろう。衛家の娘は——なんと言ったかな？　まあいい。衛家の娘は顔に酷い火傷があるそうだ。そのような女、抱けるものか。抱けないのならば妾を持たなければやっていけない」

と言うと酌婦の腕を強引に取り、彼女の服の胸元に指を入れた。その光景を見た丁は下卑た笑いを漏らし、「お盛んですな」と笑った。

「当然の権利だ。大枚を払っているのだから」

高笑いを浮かべながら酌婦の胸元に銅銭を入れる王籍羽。香蘭の怒りは頂点に達する。香蘭は自分の前に置かれた酒瓶を摑み、それを彼の頭の上でそれをひっくり返した。

「…………」

突然のことに王籍羽は無言になったが、なにが起こったのか把握すると激高した。

「公衆の面前でこのような恥辱を受けるとはな。しかもこんな小娘に」

「小娘ではない。陽香蘭だ」

「ここまでの無礼を働いておいて名まで名乗るとはやるでないか。しかし、蛮勇だったな。俺は小娘にも容赦しないぞ」

そう言うと子分である丁のほうを向き、指図をした。拳を鳴らしながら近づいてくる丁。その姿は悪漢そのものであった。女だからといって容赦をするような性格には見えない。——これは殴られるな。香蘭は自分の未来を予期した。

（……しかし、まあ仕方ない。自分の撒《ま》いた種だ）

武芸が得意なわけでもないのに、他人に喧嘩《けんか》を売った当然の末路だ。自分の正義に責任を持てないものの当然の帰結だった。黙って数発殴られよう、と歯を食いしばると、丁は腕を高く振り上げた。

そしてその巨体が吹き飛ぶ。

吹き飛んだのは香蘭ではなく、王籍羽の子分のほうだった。丁の巨体は椅子や机を巻き込み転がっている。香蘭はなにが起こったのか、一瞬、分からなかったが、すぐに理由は判明した。見ればよく見知った美丈夫が香蘭の前に立ち、丁を殴り飛ばしていたのである。

——彼は、白蓮は、けだるそうに己の手首の感触を確かめると言った。

「久しぶりに馬鹿を殴ってしまった。馬鹿が移らないといいが」

「白蓮殿！」

彼の名前を声高に言う。

「香蘭、さっきからおまえは名前を名乗りすぎだ。これではとんずらできないだろう」

「……申し訳ありません」

「まあいいよ。そのままとんずらする気は俺もない」

白蓮は倒れ込んだ丁の様子を見、大事に至っていないか確認する。この辺は医者である。あまりのことにあっけに取られていた王籍羽だが、我を取り戻すと言った。

「貴様、何者だ。いきなり乱暴狼藉《ろうぜき》を働きおって」

「女を殴ろうとしたやつがなにを言うか」

白蓮は床で気絶している丁を見下ろし、次いで彼に命令をした王籍羽を侮蔑の表情で見る。

「……そこにいる女が俺の頭に酒を掛けたのだ。当然の罰を与えようとしたまでだ」

「ほう、女は三日殴らないと狐《きつね》になる、という諺を信じている口か。感心しないな」

そう言うと白蓮は右腕を王籍羽に見せる。

「……な、なんだ!? やるのか!?」

「そうだよ。しかし、その前に自覚させようと思ってな」

「な、なにを自覚させる気だ」

「俺の拳の重みだよ。俺はこの手によって多くの人間を救ってきた。この手によってこれからも多くの人を生かすだろう。俺はそのためにこの手を無駄なことに使ったことは一度もない。しかし、その戒めを今破る」

「い、意味が分からん」

「阿呆《あほう》にも分かりやすく言うと、医者は手が命だから人は殴らないんだ。……だが、人じゃなければぶん殴ってもいいだろう？」

そう言うと白蓮は高く拳を振り上げるが、それを止めるものがいる。黄翼である。彼はがしりと白蓮を押さえつけると言った。

「先生！　白蓮先生！　おやめください」

「なんだ、下級官吏、俺を止めるか」

「止めますとも。先生の手は人を殴るためにあるのではありません」

「知っているが、あまりにも腹が据えかねてね。しかし、おまえは本当にお人好しだな、反吐《へど》が出るくらい」

「──申し訳ない」

「女ひとり守れないのか。情けない」

「分かっています。しかし、自分にはこのような生き方しか出来ないのです。このようなやり方しか分からんのです」

おれは頭が悪い、そう宣言すると、彼は白蓮を解放し、王籍羽の前で頭を下げた。いや、地に頭をこすりつけ、土下座をした。

「──王籍羽様、どうかこのたびのことお許しください」

「…………」

白蓮に殴られると思っていたのだろう。身構えていた籍羽だが、急に状況が変わったので戸惑っているようだ。

「自分は衛家の使用人の子でございます。この方々はあなた様の妻となるべきお方の主治医でございます」

「その主治医がなぜ、おれを殴る」

我を取り戻した籍羽は嫌味を吐くが、黄翼は平《ひら》に御容赦をと頭を下げる。

「行き違いにございます。籍羽様の言葉を勘違いしたのでしょう。どうか、お許しを」

「勘違いではない。この男は青玉のことを利用するとはっきりと」

香蘭が抗議しようとするが、黄翼はそれを遮る。

「聞き間違いでございましょう！」

大声で、はっきりと香蘭の言葉を遮る黄翼。あまりの胆力に香蘭に二の句も継がせない。黄翼は王籍羽の顔を覗き込むと言った。

「王籍羽様も言い間違えたのでしょう。きっとお嬢様を幸せにしていただけますよね？」

「………………」

そのような物言いをされれば籍羽とて首を縦に振るしかない。そもそも先ほどの言葉は失言であると気がついたのだろう。言葉を飲みその場を収めた。

「……確かに失言であった。いや、冗談だ。酒が回りすぎたのだろう」

籍羽としてもこの場で騒ぎを起こして婚約が破談になっても困るのだ。ここは丸く収めるべきだと思ったのだろう。気絶していた丁を起こすと、そのまま去った。

黄翼は酒家の店主に謝ると、散乱した店の片づけを手伝っていた。どこまでもお人好しな男である。白蓮はそう評したが、それでも黄翼の見方が変わったようだ。

「黄翼は馬鹿も馬鹿だが、一本、筋が通った馬鹿だ。本当に青玉のことを愛しているのだろう。それでなければあのようなクズに頭は下げられない」

婚約を破談にさせないため、衛家の顔を立てるため、青玉のために頭を下げたのだ。本当は彼が一番腹を立てているのは明白だった。それは彼の右拳を見れば分かる。

彼の右拳から血が流れていた。悔しさのあまり拳を強く握り過ぎたのだ。爪が手のひらに食い込むほど握り絞めてしまったのだ。それを見た香蘭は彼の治療をしようとするが、白蓮に止められる。

「男には、女に見せたくない傷を持っているものさ。あれがそうだ」

「………………」

香蘭が無言でその言葉に同意すると、白蓮は言う。

「それよりも俺たちが治療をしなければいけないのは青玉のほうだ。香蘭、おまえは顔が変われば考え方も変わると言った。その言葉は真実だろう」

「もしかして火傷を治してくれるのですか？」

「ああ、気が変わった。それに久しく美容整形をしてこなかった。金に困ったら貴族の娘の美容整形も請け負うかもしれないしな」

後半は明らかに照れ隠しだったが、香蘭は指摘しなかった。せっかく変わった気がまた変わっても困るからだ。

†

白蓮は診療所で、陸晋少年と手術の準備を始める。香蘭は衛家に向かって青玉に火傷の痕を取り除く手術をすることを薦めに行く。その際の注意点を白蓮に教えられる。

「いいか、香蘭、彼女の両親は手放しで手術を受けると言うだろう」

「それはそうでしょう、娘の顔が元通りになるのですから」

「しかし、そのことは両親には伝えるな。多少ましになる程度だと言え」

「なぜです？」

「俺が治療するのは青玉の顔だが、おまえが本当に直したいのは関係者の心なんだろう」

香蘭は白蓮の表情をまっすぐに見つめる。

「はい。青玉と黄翼の心です」

「ああ、火傷によって自暴自棄になっている青玉、それに自分に対する自信がない黄翼。さらにいえば青玉の両親もだ」

「彼らの目は節穴です。いくら娘を嫁がせたいからと、あのような男を婿に選ぶなど正常な判断が出来ているとは思えない」

「そういうことだ。あとはあの王籍羽という男」

「彼の蒙も啓きますか」

「それは無理だな。馬鹿につける薬はない」

冷たく言い放つが、それは香蘭も同意見だった。あの男は二十数年、親に甘やかされてあのような人格を形成したのだ。あの人格を矯正するには二十数年の努力がいるだろう。その努力を手伝ってやる義理などこちらにはなかった。

「──というわけで俺には考えがある。それを成功させるために両親に完璧に顔が治るとは伝えるな」

「分かりました。なにか深慮遠謀があるのですね」

香蘭は白蓮の技術も知恵にも信頼を置いていた。その考えに全面的に従うことを伝える。

「話が早いじゃないか。さて、それじゃあ、よろしく」

白蓮と香蘭は別々の道に向かう。

香蘭は衛家に向かうと説明をする。

「白蓮先生が青玉さんの顔を治療するとおっしゃられました」

「なんとあの神医の白蓮様が」

「はい」

「しかしなぜ今、黄翼からは断られたと聞いていますが」

「結婚祝いの祝儀です」

「なんともまあ豪儀な祝儀ですな」

「はい。――ただし、青玉さんの顔は完全に治るわけではありません。今よりも多少ましになるだけだそうです。それでも手術を受けますか？」

その言葉を聞いて青玉の両親は落胆したが、すぐに表情を作り直す。

「――いえ、有り難いです。今よりもよくなるのであればなにを迷う必要があるでしょうか。是非、手術を受けさせてください。ちゃんと治療費も支払います」

笑顔を浮かべる両親。ただ、香蘭が治療費の額を言うとさすがに鼻白んだが。金子五〇〇枚というのはさすがの衛家でもおいそれと用意出来る額ではなかった。ちなみに黄翼に要求した際は一〇〇、香蘭には二〇〇、衛家には五〇〇である。徐々に上がっているのは気まぐれもあるのだろうが、香蘭はそのものが用意出来るか否かのぎりぎりの額を突いているのだと睨《にら》んでいる。その額を飲めるか否か見極めて、そのものの覚悟を確認しているのだ。――もっともそれは過大評価で、単純に守銭奴なだけかもしれないが。

衛夫妻は近日中に金子を用意する旨を伝えてきた。それくらい娘が可愛いということだろう。ならば白蓮の策によってこの夫妻も救われるかもしれない。真っ当な感覚を取り戻すかもしれないと思った。今は青玉の幸せを思う気持ちがちぐはぐとなり、負の連鎖を引き起こしているに過ぎない。その歯車がちゃんと噛み合えばきっとこれに関わるものすべてが幸せになるはずだった。

そう思った香蘭は、青玉を乗せる輿《こし》を用意させる。幸い衛家には立派な馬と馬車があった。それを操ることが出来る馭者《ぎょしゃ》もいる。白蓮診療所までそれに乗って向かう。

ただ白蓮診療所はこの南都でも有数の貧民街にある。途中まではよかったが、貧民街に入ると悪路に変わる。衛家の使用人は顔を歪めていたが、青玉は虚《うつ》ろな目をしていた。理由はおおむね察することが出来る。たとえ顔の傷が治ったとしても、自分の運命は変わらないと思っているのだろう。そもそも両親からは完璧に治るわけではないと聞いているのだ。

それに今さら王氏との婚姻は取りやめることは出来ない。ただでさえ衛家の娘は疵物《きずもの》だという噂が上流階級で駆け巡っているのだ。今さら婚約を破棄すれば一生、嫁のもらい手はない、ということくらい彼女も弁えていた。さて、関係者の誰もが心から喜んでいないことは明白だったが、ここから白蓮はどうするつもりなのだろうか。香蘭は興味深く考えながら、馭者に道案内をした。

　青玉を白蓮診療所に届けると、白蓮は侍女と馭者を屋敷に追い返した。

「ここからは医者の領分だ。手術が終わり、術後の経過を見て家に帰す」

と言う。それでお嬢様の顔が少しでもよくなるのならば、と彼らは納得すると帰る。

そこからなんの説明もなく青玉を手術室に連れて行く。青玉を手術台に乗せると、白衣に着替え、手の消毒を始める。香蘭もそれに習うが、口元を布で隠すと尋ねる。

「白蓮殿、この前、患者には〝説明医療〟がいるとか言っていませんでしたか」

　性急な対応に香蘭は驚いたので尋ねる。

「説明医療《インフォームドコンセント》だな。患者に事前に治療内容や薬の説明を徹底する。という西洋医術の概念だが、今回に限りは不要だ」

「その理由は？」

「俺が不要だと思ったから」

　悪びれずに言う白蓮。

「………………」

　閉口してしまうが、白蓮がそう言うのならば問題はないだろう。ただ気になることがあったので尋ねる。

「前から気になっていたのですが、白蓮殿の白衣は白衣ではなく、黒衣なのではないですか？」

「そうだが？」

平然と言う白蓮。

「白衣というものは己の心の清さを示すもの、と医学書に書いてありました」

「誤謬《ごびゅう》に満ちた医学書だな。白衣というのは清潔さを一目で確認できるためにあるんだよ、〝汚れ〟を即座に見つけ、衛生的にするためにあるんだ」

「ならばなぜ黒なのです」

「通常有り得ないが、俺は自分を戒めるため、常に黒を着ている。どのようなときも手術衣は清潔にするから、白でも黒でも同じなんだ。むしろ黒い方が慢心が出なくていい」

大胆不敵にそううそぶくと、白蓮は会話を切り上げる。

「さあて時間がない。青玉の結納は数ヶ月後らしいからな。俺の技術は神のごとしだが、それでも術後の経過は本人次第だ。メスを入れた部分は自然治癒に頼るしかない」

「火傷の傷はどうやって治すのですか」

「医者の卵ならば当ててみろ」

「……分かりません」

「つまらないやつだな。面倒だから答えを言ってしまうが、皮膚を移植する」

「皮膚を移植!?」

白蓮のさり気ない回答に、香蘭は反応する。

「皮膚とは人間の皮のことですか？　そんなことが可能なんですか」

「可能だよ」

「……いや、白蓮殿ならば可能か。つまり、健康な人間の皮膚を移植するのですね」

「その通りだ」

「しかし、人の皮膚を移植するのは倫理に反するのでは？　死体からも移植出来るのですか」

「まさか、死体は駄目だ。それに基本的に他人も駄目だ。他人の皮膚を移植すると拒絶反応を起こしてしまうからだ」

「もしかして自分の皮膚を移植するのですか？」

「そうだ。さすがに察しはいいな。通常は尻か太もも当たりの皮膚を使う。表面積が広いし、そもそも普段は隠れている場所だから目立たない」

「顔に傷があるよりもましですね」

「そういうことだ」

手術室に入ると、陸晋少年によってすでに麻酔薬やメスなどは準備されていた。麻酔薬が投与され、眠りに就く青玉。その姿は眠り姫のように美しい。

白蓮は無言で白衣を着替えるとそのまま手を消毒する。その様は念入りで、普段のいい加減さをまったく感じさせない。香蘭もそれにならい腕を消毒する。

白蓮が「メス」と言うと香蘭はそれを丁重に渡す。白蓮はなんの迷いもなくメスを彼女の太ももに入れると、そのまま切り進む。一分の狂いもなく、まるで物差しで測ったかのように正確に。切り取った皮膚の大きさはそのまま顔の火傷部分とぴたりと符合する。

神懸かった腕だ。

「神医」

その呼称は伊達《だて》ではないと思った。

白蓮は淡々と手術をこなす。昼に始まった手術だが、夕暮れには終る。見事な手際だが、手術が終った青玉の顔を見て香蘭はぎょっとする。

「……白蓮殿、これは……」

「火傷は治ったが今度は逆に傷が気になるか？」

「…………」

有り体に言えばそうであった。麻酔で眠っている青玉の顔には亀裂のような傷痕が残されていた。

「大丈夫だ。今はまだ皮膚を移植したばかりだからな。傷が塞がれば元通りになる」

「……なるほど」

とても信じられないが白蓮が言うのならばその通りなのだろう。

「俺の手術に間違いはない。──今、問題なのは王籍羽についてだな」

「と申しますと？」

「あの男が糞《くそ》であるということを衛家の夫妻に知らしめねばならない」

「なるほど、たしかにそうですね」

「もしもこのまま青玉をやつの嫁にしてしまえば、我々はただやつに美しい嫁を提供した道化になる」

「なにか策が必要ですね」

「ああ、……しかし、それにしては余裕綽々《よゆうしゃくしゃく》だな、香蘭」

「ええ、もちろんです。わたしは白蓮殿の医術の腕を信頼していますが、それと同じくらい小細工が得意なことも知っています」

「小細工とは聞き逃せない言葉だな。賢《さか》しいと言ってくれ」

その言葉を証明するかのように都合よく賢しい策を授けた少年が入ってくる。白衣を着た少年陸晋は、にこりと笑うと言った。

「先生、やはり先生の睨んだ通りです。やつは不実の証拠をかなり残していました。というか、隠す気もなかったようですが」

「よし、睨んだ通りというか、自分で白状した通りだな」

白蓮はそう言うと「これでやることはすべてやった。あとは青玉の術後の経過に注意して、結納の日を待つだけだ」と言い放った。その姿は堂々としており、自信に満ちあふれていた。


白蓮の医術によって青玉の一件はどうにかなったが、問題なのは黄翼であった。問題の本質は彼の勇気のなさであった。それを解決しない限り事態は好転しないだろう。白蓮は断言する。香蘭は黄翼に会ってもう一度説得を試みようと思ったが、白蓮はそれを止める。

「黄翼のようないくじなしには説得は逆効果だ。考える時間を与えてやれ」

という策を授けてくれた。

「手術があまり上手くいかなかったこと、それに王籍羽と青玉の結婚が迫っていることだけを伝えろ」

その言葉をそのまま伝えると黄翼は、

「――そうですか」

と一言だけいい。職場である役所に向かった。なにか思うところがあるようだが、香蘭は彼の背中に言う。

「あなたの行動が青玉とあなた自身の幸せに直結するんだ。なぜ、それが分からない」

そう叫んだ。そして往来の人が見ているのにも関わらず、白蓮の伝言を託す。

「このいくじなしめ！　去勢された豚でももっと覇気《はき》があるぞ。豚にも負けるのか。男だったら、人生で一度くらい歯を食いしばれ!!」

「香蘭さん……」

香蘭の言葉は彼の心に深く突き刺さったようだ。申し訳なさげに香蘭の瞳を見た黄翼は頭を下げた。

衛青玉と王籍羽の結納の日――。

両家の関係者が集まるが、青玉本人も出席した。本人不在で結納も可能であるが、是非とも出席をしたいと申し出たのだ。青玉の両親としては娘の要望を断る理由もなかった。ただまだ包帯が取れぬのを気にしているようだ。それについては香蘭が説明する。

「火傷は幾分ましになりましたが、包帯が取れるまであと数日お待ちください」

医者がそのように言えば従うしかない。そのまま結納の席となる。万が一に備えて香蘭も出席することとなったが、黄翼は出席をしない。当然である。彼は衛家の使用人の子なのだ。

香蘭は彼女の横にいるのが黄翼ではないことを残念に思った。

彼女の横にいる不実の塊である婚約者を見る。彼はこの場に先日悶着《もんちゃく》を起こした香蘭がいるというのに平静を装っていた。香蘭ごときがなにを主張しても破談にならないと思っているのだろう。不遜な態度と物言いからありありとそれが伝わる。香蘭は見ているだけでむかむかとしてくるが、王籍羽は気にすることもなく、心にもない台詞《せりふ》を吐く。

「青玉は俺には勿体《もったい》ないお方。生涯、幸せにします」

と衛家の両親に誓った。

巧言令色《こうげんれいしょく》を絵に描いたような男だが、衛家の人々はころりと騙されていた。疵物の娘を嫁にもらってくれるというだけで目が曇ってしまっているのだ。早く彼らの蒙を啓きたかったが、それにしても白蓮は遅い。結納の儀式が宴《うたげ》もたけなわになったら、颯爽《さっそう》と現れ、王籍羽を糾弾する、というのが事前の打ち合わせだったが、結納がいくら進もうとも現れる様子がないのだ。

一足先にきている陸晋少年に視線を送るが、彼も困惑し、首を横に振っていた。

（──なにか問題があったのか）

白蓮は遅刻するような男ではない。きっとなにか問題があったと見るべきだろう。

──となるとこのままだと王籍羽と衛青玉が結婚する羽目になってしまう。それは本末転倒というか、なんのために香蘭が尽力してきたのか分からなくなってしまう。青玉本人と黄翼にも申し訳が立たない。

そう思った香蘭は意を決し、ひとりで王籍羽と戦う決意をする。結納品の検分が終わり、まさに誓いが立てられようとしたとき、香蘭は立ち上がった。

「この結婚には不服があります」

なにごとか、という視線が両家から集まる。まずは衛家の人々から控えめの苦情がくる。

「香蘭さん、なにを言っているのです。娘の結婚を邪魔する気ですか」

邪魔をするどころか反対である香蘭は旗幟《きし》を鮮明にする。

「わたしはこの結婚に反対です。なぜならば王籍羽殿では青玉さんを幸せに出来ないからです」

「……それはどういう意味かな」

王籍羽は苦虫を嚙みつぶしたかのような表情をするが、すぐに表情を作り直し、巧みにかわす。

「それはあなたが一番よく知っているでしょう。あなたは不実の塊だ。青玉さんのことを愛しているどころか、持参金を持ってくる都合のよい娘としか思っていないくせに」

「なにを証拠に。俺は青玉が不幸にも顔を火傷したと聞き不憫《ふびん》に思って嫁に娶ろうとしているのだ」

ぬけぬけという言う王籍羽。憎たらしいが、その演技力はなかなかのものだった。先日のように容易に馬脚は表しそうにない。

「あなたは嘘をついている。なぜならばわたしは酒家であなたの本音を聞いたからだ。青玉のような疵物を娶るなど役得がないとやっていられない。妾を持つ、と」

その言葉に王籍羽は一瞬たじろぐが、とぼけることで逃れようとする。

「そのようなこと言った覚えがありませんな」

王籍羽は衛家の人々に「あのようなものの意見を信じてはいけません」と言い放つ。

衛家の人々は王籍羽の言葉を信じたいようだが、青玉のために骨を折ってくれている香蘭の言葉も信じたいようだ。心が揺れ動いている。

事態は膠着《こうちゃく》するかに見えた。――いや、香蘭の不利であった。衛夫妻は娘の幸せを願い、結婚こそが女の生きる道だと思い込んでいたからだ。衛夫妻は意を決し、香蘭に席を離れるようにうながそうとした。

その瞬間、白蓮が現れる。

颯爽と現れた美丈夫。真打ちは最後に現れると言いたげな表情で口を開く。

「よくやった香蘭よ、遅れてすまないな」

「白蓮殿、遅すぎます」

思わず安堵の溜め息が漏れる。白蓮ならばこの場を収めてくれると思ったのだ。だが、白蓮という男は香蘭に対しても秘密主義だった。ここからなにをするのかは分からない。打ち合わせにないのだ。固唾《かたず》を飲んで見守っていると彼は口を開いた。

「王籍羽、久しいなとは言わない。どうせおまえは酒家でのことをとぼけるからな。しかし、あのときおまえが発した暴言の数々はこちらが把握しているぞ。そこにいる陸晋少年に手配させ、あのときあの場にいたものを何人も集めた。皆、おまえの不実を証明してくれる」

あのとき、おまえが胸をまさぐっていた女も証言してくれるとさ、と言うと、さすがに王籍羽は表情を変える。

「……あのときは酔っていたのだ。心にもないことを言った」

「なるほど、ならば妾を囲っているのも心にもないのかな。何人かの妾にはすでに子も産ませているようだが」

その言葉を聞いて衛家のものは青くなる。

「籍羽殿、それはまことか⁉」

王籍羽はしらばっくれようとしたが、陸晋少年がその妾たちを連れてきているのを見て諦めたのだろう。白状する。ただし、それでも言い逃れはやめようとしないが。

「衛家の皆様、その点に関しては申し訳ないと思っていますが、すでに過ぎ去ったことです。たしかに妾との間に子はいますが、私生児として扱います。衛家の財産はびた一くらいはさせてもらわないと割に合わない」

「この国では妾を持つなど普通のこと。それに俺は疵物である青玉を娶るのです。それ
香蘭は批難するが、籍羽には暖簾《のれん》に腕押しだった。弁明どころか開き直る。

「そういう問題ではない」

文渡しませんよ」


これが王籍羽の正体であるが、彼には計算があるようだ。青玉のような娘を娶ると言い出すのは自分くらいだろう、という計算が。悔しいことにその計算は当たっている。衛夫妻はこの期に及んで悩んでいるようだ。いまだに娘の結婚を願っているようだった。彼らの目を覚まさせるにはさらなる決め手がいる。

白蓮はその決め手を用意していた。馬脚を現したな、白蓮は侮蔑を隠さずに言い放つと、青玉に前に出るように言った。彼女はなんの迷いもなく前に出てくる。王籍羽はなんの真似だ、と言う。

「おまえの言葉は嘘ばかりだが、肝心のところが真実かどうか確かめる。おまえは青玉の顔が醜くてもいい。火傷でただれていてもいいと言ったな」

「ああ、言った」

「真実《ほんとう》か？」

「心の底からそう思っているよ。彼女がどのような顔でも受け入れよう」

毅然と言い放つが、その答えはあらかじめ用意されたものだった。そう口にすれば衛家の持参金が得られるのである。利に聡《さと》いものならばどのようにも言いつくろえる。それは誰しもが分かっていることであったので、今さら指摘するものはいないが、青玉の母親はとある疑問を口にした。

「白蓮様、あなたは娘の火傷を見せ、それで籍羽殿の反応を我々に見せようとしているのでしょうか」

「その通り」

「娘の傷は前よりもよくなったと聞きましたが」

「ああ、それか。それは真っ赤な嘘だ」

「嘘⁉」

衛夫人は驚愕する。

「あなた方に言うと気落ちされると思ってね。実は手術は失敗した。前よりも酷くなった」

すまん、と言うと青玉は口元を隠していた布を取る。そこにあったのは醜い火傷であった。以前よりも酷くなっている。その醜さは彼女の母親である衛夫人がその場で気を失い倒れるほどであった。夫はそれを支えるが、しばし呆然《ぼうぜん》と娘の顔を見ると怒りに震える。

「白蓮様！　話が違うではないか、我が娘になんということを」

その言葉は完全な怒気に包まれている。娘を愛する父親の声であったが、白蓮はそれを無視すると王籍羽のほうに振り返った。彼はわなわなと震えている。それが婚約者を傷つけた怒りから発したものであればいいが当然ながら違う。

「……聞いていない。このように醜い娘だとは聞いていないぞ」

何事にも限度がある、と彼は続けるが、その言葉は青玉はもちろん、その両親にも届いていた。両親はその時点でやっと籍羽の正体に気がついた。いや、気がついていたが無視をしていた籍羽の不誠実さに向き合うことが出来た。

両親はこの男には絶対に嫁にやれない。そう思ったことだろう。青玉はさらに両親の背中を押す。彼女は着物の裾を持ち上げると、

「太ももにはもっとおぞましき傷がありますが、ご覧になられますか」

と言い放った。

「…………」

無論、見るわけがない、籍羽は顔色を変えると言い放つ。

「ええい、このような茶番はおしまいだ。婚約など破棄だ、破棄。胸くそ悪い」

そう言い残すと、自分の両親を引き連れ、立ち去ってしまう。その姿は清々しいまで悪党であった。彼らの醜い心の内、醜悪な態度を見て、衛家の人々は改めて自分たちの

愚かさを悟ったが、それでも娘の顔が気になっているようだ。白蓮に抗議をする。

「白蓮様、王籍羽の正体を見せてくれたことには礼を言います。我々の目を覚ましてくれたことも感謝します。しかし娘の顔を傷つけたことは許せません」

「生涯、恨み申し上げます」

気を失っていた青玉の母親は目を覚ますと、そう言って、よよよ、と泣いた。その姿は哀れであるが、当の本人である青玉は凛《りん》としていた。

「母上、父上、この顔はあなた方にいただいたものです。それを傷つけてしまったのはわたくしの不徳。どうかお許しください」

「なにを言っているの、青玉。火事はあなたのせいではないし、手術に失敗したのもあなたのせいではないわ」

「なにを言っているのですか、父上、母上、手術は成功しています」

両親は娘の正気を疑っているが、青玉は至って正気であった。かつてないほどに心が強い自分がそこにいた。

「わたくしが直してもらったのはこの醜い顔ではありません。歪んだ心です。火傷によって歪んでしまった心を直してもらいました」

にこり、と青玉は微笑む。花のように可憐な笑顔だった。

「――わたくしはわたくしのことを思ってくれる本当に大切な人の存在をおろそかにし

ていました。身分が違ってもいい。本当にそう思うのならばふたりで駆け落ちしていればよかったはず。それをしなかったのはわたくしに勇気と覚悟がなかったから。彼の容姿が醜いのを気にしない？　嘘です。本当にそう思っているのならばもっと自分に素直になれていたはず。結局、本当に醜かったのはわたくしの心なのです」

そうはっきり言い放つと、彼女は首を横に振る。

「でも、もう迷いません。そのように些末《さまつ》な問題などもうどうでもいいのです。父上、母上、お許しください。どうか、愛《いと》しい黄翼と結婚することをお許しください」

その言葉に青玉の両親は気がつく。いや、両親はとっくの昔に気が付いていた。ふたりが愛し合っていることを。世間体や常識に惑わされ、ふたりの結婚を認めることが出来なかった両親だが、今、この瞬間ならば素直に祝福出来るような気がした。——黄翼がそれを望めばだが。青玉の父は肩を落としながら溜め息を漏らす。

「……もっと早くわたしたちが素直になっていれば。使用人の子だからと差別しなければ、醜い男だからと敬遠しなければ。そうすればもっと違った結末に」

嘆息する父親。

「物語の結末を締めくくるのが早いんじゃないか。ふたりの物語はまだまだ続くぞ」

「しかしこのようになってもまだ黄翼は娘のことを好いてくれるでしょうか？　娘の顔はさらに醜くなってしまった。黄翼は厭がるのでは」

「それは黄翼が決めることだ。いい機会だから本人に聞けばいい」

白蓮が陸晋少年に合図を送ると、彼は黄翼を連れてくる。そこには見違えるほど凛々《りり》しい顔つきをした黄翼がいた。決意を固めた男がいた。彼は細かい事情を知らされていないようだ。役所からそのままやってきた格好をしている。しかし、迷うことなく、青玉の前に行くと、彼女の顔を見る。

彼はその顔を見て「美しい」と気休めを述べることはない。ただ籠羽のように拒絶の色を見せることはなかった。黄翼は青玉の火傷痕に軽く触れるとこの場で一番相応《ふさわ》しい言葉を述べた。

「……その傷はおれが君を救ったときの勲章だ。そして守り切れなかった懺悔《ざんげ》の象徴だ。でももう後悔はしない。どうかおれの嫁になってくれないか」

その言葉を聞いた青玉は涙を流す。

随喜の涙だった。

ふたりはひしと抱き合うと、人目も憚《はばか》らずに泣き合った。

このような物語は総じて幸せに終るものである。いや、是非、黄翼を婿にという話になった。衛家の夫妻は青玉と黄翼の結婚を認める。

ふたりは幸せの内に婚儀を執り行うことになるが、幸せのお裾分けとして、結婚式の招待状が白蓮診療所に届く。白蓮はそれをつまらなそうに捨てるが、悪意があるわけではない。単純に冠婚葬祭が嫌いなだけなのだ。

「医者が冠婚葬祭にいちいち出席していたら身が保たない」

特に葬式は絶対に出席しないのだそうな。改めて師の哲学を確認した香蘭だが、香蘭は結婚式に参加しようと思っていた。身内以外の結婚式など参加したことがないから興味があったのと、是非にと頼まれたからだ。

そのことを話すと白蓮は不機嫌そうに許可してくれた。こうして香蘭は白蓮診療所を代表して衛家の結婚式に向かうが、そこに居たのは世にも美しい花嫁とそれなりの花婿だった。

香蘭は彼女を凝視する。そこには一片の傷もなかった。無論、火傷の痕も。そう、青玉の手術は完璧に成功していたのである。あのとき、籍羽に醜い顔を見せたのは彼の正体を露見させるためと、両親の蒙を啓かせるためだったのだ。

白蓮は手術痕に影響がでないように慎重に「特殊化粧」なるものを施し、青玉を見事な醜女にしたのである。その腕は後宮の化粧番の宮女よりも鮮やかであった。まるで火傷がそこにあるかのように装ったのだ。改めて白蓮の器用さに驚くが、それよりも今着目するべきは、幸せそうなふたりの男女だ。

青玉は健やかに微笑み、黄翼は幸せいっぱいの表情をしていた。このふたりは末永く幸せに暮らしていける。そう予感させる笑顔だった。そのことを確認すると、香蘭にも酒が振る舞われる。先日、酒を覚えたばかりの香蘭――。いまだに酒の善さを完全には理解していない。ただ、衛家で振る舞われる酒はとても美味かった。一人前扱いされたことも嬉しかった。

そしてそれ以上に嬉しいのは、楽しいときに飲む酒が美味いということを知ったことだった。このようにして人は大人になっていくのかもしれない。そう思った。

後日談の後日談――。

香蘭が白蓮に弟子入りして一ヶ月以上が経過した。つまり二回目の月謝を支払わなければいけないわけであるが、香蘭はきちんとをそれを支払っている。毎月金子二〇枚は手痛い出費であったが、白蓮のもとで医療を学ぶというのはその金額以上の価値があった。今朝、診療所に向かうとき、父親が言ってくれた。

「白蓮殿に師事することによって顔つきが変わったな。そうだな、立派な士大夫《したいふ》のようになった」

「お爺様の面影がありますわ」とは母の言葉だった。

有り難いことである。そう言ってくれるのも月謝を払ってくれるのも。その礼を言うと父はからからと笑う。

「月謝は気にするな。安いものだ。しかもおまえは務めを果たして月謝を負けてもらっているではないか」

父は言う。その通りだった。実は今、香蘭は月謝を負けてもらっているのだ。たしかに白蓮の要求する月謝は金子二〇枚であったが、その代わり白蓮は毎月、金子一四枚の給金をくれるようになった。こんなふうにうそぶきながら——。

「俺の住んでいた世界には従業員に賃金以上の労働成果を求める悪徳企業があった」

「奴婢《ぬひ》商人のことですか？」

「そっちのほうがまだ可愛げがあるよ」

と言った。

白蓮の言葉はよく分からなかったが、「労働の成果はちゃんと払う。黒企業になりたくないからな」という言葉はなんとなく共感出来た。

香蘭は有り難く給金を受け取る。しかし、白蓮から給料を受け取るときに思う。これは本当に労働の成果なのだろうか、それとも白蓮の慈悲なのだろうか、と。

香蘭はお世辞にもまだ戦力になっているとは言えない。包帯の巻き方も未熟であるし、消毒の仕方なども稚拙であった。このような大金をもらうほどの働きをしていないのである。その点に関して同僚の陸晋少年に尋ねるが、彼はにこりと微笑むと言った。

「金子の価値はその人が決めるものです。香蘭さんが現時点で金子一四枚分の価値を生み出していると白蓮先生が判断しているのかもしれないし、今後、それ以上に化けるから今のうちに払っているのかもしれません。いわゆる先行投資というやつです」

なるほど、と納得していいのだろうか、表情の選択に迷っていると、陸晋少年はこう締めくくった。

「ひとつだけ言えるのは白蓮先生はとても意地っ張りで、人に心を悟られるのが嫌いなお方だということです。先生に尋ねても真意を聞くことは出来ないでしょう」

それはたしかにそうだ。

それだけは酷く納得することが出来た。

三章 貴妃の涙

医道科挙に合格したい、というのは陽香蘭にとって悲願である。

父や祖父のように医道科挙に合格し、正規の免状を手に入れ、医者として人々の役に立ちたいのだ。医道免許を手に入れれば父祖のように宮廷医になることも出来る。あるいは医療大学寮と呼ばれる学舎に入り、臨床医師として最新の医学を学ぶことも出来るのだ。

それは医者を志すものすべての夢であったが、香蘭には遠い夢であった。具体的にはその夢を叶えるには最短でも一年は掛かるのだ。医道科挙は一年に一度しか開かれない。今からどんなに医術を学ぼうが、成長しようが今年はもう医道科挙を受けることが出来ない。

さらにいえば仮に医道科挙を受けたとしても合格する保証はない。香蘭の医学の知識は父も太鼓判を押していてくれているが、医道科挙には女人枠というのがあり、どのように優秀な成績を収めようとも毎年、合格出来るのはごく僅かなのである。

香蘭は来年の医道科挙に備え、今日も医術書を読みながらやってきた。

その様を見て白蓮は、

「まるで二宮尊徳《にのみやそんとく》のようだな」

と笑った。

そのものが誰かは知らないが、世の中には自分と似た人がいるのだな、と思った。是非、会ってみたい、と言うと白蓮はさらに笑った。

「二宮尊徳に会うには〝世界〟と〝時空〟を歪めないとな。実は俺も直接の面識はない」

白蓮の言葉の意味は分からないが、香蘭は会えないということだろう。落胆はしないが、代わりに少し黙っていてくれないかと願い出る。今、白蓮診療所に患者はいない。今ならばじっくりと医術書を読めると思ったのだ。その言葉を聞いて白蓮は従ってくれた。真面目にやっている香蘭に敬意を持ってくれたのだろう。

「…………」

「…………」

しばし沈黙が続くがその沈黙も長くは続かない。白蓮という男は基本寡黙であるが、稚気に満ちあふれているところもある。あまのじゃくな面も。黙っていろと言われればその逆の行動をしたくなるのだ。白蓮は香蘭の医術書を取り上げると、それをさらっと読む。ものすごい速読で目を通すと、つまらなそうに言った。

「この国の医療は遅れているな。――いや、それどころか間違ったことばかり書いてある」

「中原国の医療は大陸で一番と言われています」

「鳥無き里の蝙蝠《こうもり》だな」

白蓮はそう評すと「こんな間違った知識を覚えても人は救えないぞ」と言い切った。

「しかしこれを覚えなければ医道科挙に合格出来ません」

「なるほど、矛盾だな。医者になるために間違った知識を覚えなければいけないのだから――してそこまでして医者になっておまえはなにをしたいのだ？」

「まずは宮廷医になりたい」

「ほう。華やかな後宮に行きたいか」

「いえ、華やかさはどうでもいいです」

「綺麗なべべは着たくないか」

白蓮は茶化すが、香蘭は「はい」と即座にうなずく。

「祖父のように天子様の御典医になりたいとはいいません。しかし、宮廷という場所がどういうところか、一度見てみたい」

「腐臭漂う政治の場だぞ」

「かもしれません。しかし、自分の目で見てみたい」

「良い心がけだ。医者は別名博士という。つまり自然科学者の端くれ。科学者というのは実際に見て確認し、実験することを言う」

「はい、それにわたしは父祖と同じ光景が見たい。わたしはここで父祖とは違う光景をたくさん見ました。しかしそれだけでは物の見方が偏ってしまうような気がするのです」

白蓮は香蘭の言葉に真剣なものを感じ取ってくれたのだろう。表情から香蘭を茶化す成分は微塵《みじん》もなくなっていた。

「ですのでここで勉学を重ね、医道科挙に合格をしたいです。わたしは父祖の娘として、あなたの弟子として立派な医者になりたい。仁と技術を兼ね備えた医者になりたいのです」

その言葉に偽りはなかった。白蓮はそのことにはなにも触れずに中原国の医術書を読みふけるようになった。

その日以来、

「――間違った知識だが」

と前置きした上で、医術書に書かれている内容を問題形式にし、香蘭に提示してくれるようになった。医道科挙に合格出来るよう助力してくれるらしい。無論、彼の性格上、そんなことは絶対に認めないが、香蘭は有り難くその配慮をいただくことにした。これで香蘭は家族に次いで白蓮にも義理が出来る。なんとか彼らの期待に応え、医道科挙に合格したかった。

師弟としての日々を過ごす間も患者は途切れることなくやってくる。子供の頭を切り抜いて悪霊を取り出した。火傷の娘の傷痕を綺麗さっぱり取り除いた。という噂は南都の人々の間を駆け巡ったのだ。

そのような神懸かった腕を持つ医者に患者が途絶えるわけがない。今まで貧民街に居を構える怪しげな「闇医者」と唾棄していた貴族や地主たちにも白蓮の評判は伝わり、彼らが大挙して訪れるようになっていた。

彼らの病は深刻なものではなかったが、金払いがいいと白蓮は積極的に受け入れる。とある偏頭痛持ちの患者などには眼鏡の度を変えるように指示するだけで金子一〇〇枚も支払わせていた。それくらいふんだくれると計算をしたのだろう。事実、偏頭痛が治ったその地主は喜んで金を払った。

「金持ちから金を巻き上げるのは気持ちいい」

なんの遠慮もなく言い放つ白蓮だったが、香蘭としては貧乏人から巻き上げるよりはましだと思った。ただひとつ気になるのは金持ちの依頼が増えることによって貧しい人々の依頼が減っていることだった。無論、無料診療の日には貴賤《きせん》に関係なく診療を行うが、それ以外の日でも申し訳程度に行われていた貧しい人々の診療がなくなったのである。

ある日、風体の冴《さ》えない親子が診療所の門を叩いたが、陸晋少年が申し訳なさそうに頭を下げ、お引き取り願っていた。次回の籤引きに参加するように伝えたのだ。咳《せき》を漏らしながら帰って行く患者を見ると思ってしまう。前も思ったことだが、この状況をなんとか出来ないだろうか。香蘭は常々考えていたが、その答えはなかなかに定まらなかった。香蘭は医道科挙の勉強の合間、思索にふける。

「仁と技術の融合――」

「白蓮の腕をこの国の役に立てる――」

「出来ればあの性格も矯正したい――」

そのようなことを毎晩考えると、ひとつの策が生まれる。

その策を香蘭にもたらしてくれたのは祖父であった。

朋《とも》有り遠方より来たる、亦《ま》た楽しからずや――

この言葉は大昔、儒学者が言った言葉の一部である。

意味は、

師の教えてくれたことを学び、身に修める。なんと喜ばしいことだろう。同じ志を持つ友人が遠くからでもやってきて一緒に学ぶ。なんと楽しいことだろう。たとえこうした生き方を他人がわかってくれなくても、気に掛けたりはしない。それこそ君子と言えるのではなかろうか。

というものだった。

その言葉通りにやってきたのは、亡くなった祖父の弟子であった。父も祖父に師事を受けたからその父とは同門の学友ということになる。その学友は今、隣国の医道大学寮でそれなりに出世を重ねている。そこで多くの生徒に学問を教え、多くの医者を輩出していた。

彼は所用で中原国の南都に訪れ、旧友である父のもとにやってきた。普段、酒を飲まない父もこの日ばかりは楽しげに友と杯をかわしている。旧交を温め合う姿は傍目からも麗しい。仲良きことは美しきかな、そんな言葉が浮かぶが、それ以外の考えも思い浮かんだ。父とその友人の姿を見て香蘭は気がついたのだ。

「やはり白蓮殿も医道科挙を受けるべきだ」

香蘭は浮かんだ策をひとり、言語化する。

「以前にも一度、言ったが、やはり白蓮殿は正式に免状を取るべきだ。無論、宮廷医にならなくてもいい。正式な診療所や医院を持たなくてもいい。白蓮殿の腕前ならば大学寮で教鞭《きょうべん》を振るい、自分の弟子を育てればいいのだ。それはこの世界の安寧に繋がるはず」

白蓮は神医と呼ばれるほどの腕前。それを超えるものなど現れるわけもないが、彼の十分一。否、百分の一でもいいから技術を継承したものが現れれば、その技術で多くの人を救うだろう。白蓮には腕が二本しかないが、弟子をふたり育成すれば腕は六本となる。二〇人育成すれば四二本となる。その弟子がさらに弟子を育成すればまるで千手観音のようにこの国を救うのではないか。

香蘭はその輝いて見える未来をすぐにでも実現させたかったが、容易ではないことも分かっていた。肝心の白蓮にその気がないことを知っているからだ。最初に彼の診療所に文句を言いに行ってから早数ヶ月、彼に正式に免状を取るようにうながしたことは一度や二度ではない。

そのたびになんやかやと理由を付けて断られた。なんでもここは違う世界で医者になったとき、医者は偉くなればなるほど腐ると身をもって感じたらしい。人の上に立つのは柄ではない。政争に巻き込まれるのは御免被《こうむ》る。などという理由も口にする。

そして最大の理由は「試験」を受けるのが面倒なのだそうだ。先日、香蘭が読んでいる医学書を読んだときも言っていたが、この国の医学は白蓮が実際に施している医療とは真逆のことが多い。

例えば病気になったら悪い血を抜く、という手法がある。患者の血管を切り、逆さにして血を出させるのだ。そのときに悪い病気も抜けるというのが理論だが、血の足りない病人にどうやって血を補充させるか、〝輸血〟方法を血眼になって模索している白蓮には到底受け入れられぬ手法だった。前時代というよりも誤謬《ごびゅう》そのものの治療法だった。香蘭は白蓮のほうが正しいことを知っていたが、この国に蔓延する誤謬を払拭するには容易ならざる努力が必要だろう。世捨て人的な白蓮にそれを実行させるのは難しかった。

「……白蓮殿にそれを実行させるには、わたしが皇帝の妻にでもなって一気に出世させるしかないかな」

冗談めかしながら口にする。香蘭はあらゆる方法を模索したが、最短かつ一番確率が高いのはその方法のように思われた。――要は限りなく実現性が乏しいわけであるが。そんなふうにけなげにこの国の医療を憂えていたからだろうか、後日、香蘭に転機が訪れる。香蘭が近づきたいと思っていた場所、見てみたいと思っていた場所へ誘ってくれる人物と巡り会ったのである。

†

白蓮診療所にも平等に夏はやってくる。その日は夏至に相応しいほど暑く、早く冬至にならないかと願ってしまうほど蒸していたが、香蘭はせっせと患者の面倒を見ていた。

陸晋少年とふたりてんてこ舞いであるが、それを白蓮はつまらなそうに見つめている。怠けているわけではない、白蓮は風邪気味なのだ。

「夏風邪は長引く」

と鼻をすすっている。数日前から鼻水が止まらないのだ。今日はその上にけだるさもあるという。

「夏風邪を治すには休養が一番だ」

この国で一番の名医が言うのだから、その言葉は正しいであろう。それに幸いなことに白蓮診療所には重篤な患者はいない。予後を見るため何人か入院をしている者もいるが、彼らの包帯の交換や診療は香蘭や陸晋が行っていた。不調を訴えるものは誰もいない。

万事が上手くいっている。香蘭はそう安堵する。診療所も心地よい静寂さに包まれるが、それを破るものが現れた。白蓮診療所の門を荒々しく叩くものがいるのだ。その叩き方は尋常ではない。まるで高利貸しの取り立てのようであったが、彼らは高利貸しではなかった。もっとたちの悪い連中だった。この国の役人である。彼らは陸晋が扉を開けると、そのまま診療所に押し入ってくる。

「ここが白蓮診療所であるか」

と声高に誰何《すいか》してきた。その通りなのでうなずくしかないが、陸晋少年は白蓮に目配せする。白蓮はこくりとうなずく。目線の会話に香蘭も加わる。

（……これは役所の手入れでしょうか）

（だろうな、心当たりは――、ありすぎて困る）

口元を歪ませる白蓮。事実だったので香蘭も苦笑を漏らした。この国で診療所を作るのには国の許可がいる。医道科挙に合格しなければ診療所を作ってはいけないのだ。しかし、それでは慢性的に診療所の数が不足する。というわけで多くの町医者は無許可で診療所を出しているのだが、その場合は診療所の看板を出さないのが不文律となっている。

おおっぴらに商売をしないので許してください、という意思表示だ。しかし、白蓮診療所は貧民街にあるとはいえ、おおっぴらに看板を出している。これは管轄する役所に喧嘩を売る行為だった。以前、そのことを指摘したことがある香蘭だったが、白蓮はしれっと言ったものである。

「医者が医療を施すのに国の許可がいるというのが気にくわない」

それはある意味正義なのだろうが、なんとも融通の利かない性格である。と愚痴ると、人のことは言えないだろう、と反論された。もっともであるが、白蓮はさらに続ける。

「それに仮に看板を出していようがいまいが同じだ。やつらがほしいのは大義名分だ。それも仁とか義に基づいた大義名分ではなく、金に基づいた大義名分だ」

つまり賄賂《わいろ》を寄越せと言うことだろう。白蓮はそう断言していたが、その予言は見事に当たる。押し入ってきた役人は、恥じらうことなくこう言った。

「ここが医道免許なしに診療をしているという白蓮診療所か。我々の許可なく、我々に義理を通すことなく商売をしているという診療所か」

義理とは偽利と言い換えたほうがいいだろう。賄賂を寄越せと彼らは暗に言っているのだ。

「この診療所が許可なく医療を施していることは知っているぞ。なんでも商人や地主からたんまりと治療費を巻き上げているそうだな。近隣の診療所から苦情があったぞ」

その言葉に「なるほど」と白蓮はうなずく。

「その物言いだと患者ではなく、同業者からの苦情か。客足が遠のいて賄賂が渡せない、そんな苦情でももらったか」

「賄賂ではない。物事を潤滑に進めるための潤滑油だ。おまえも後ろ盾が必要だろう。こんなところで商売をしていればやくざものも言いがかりを付けてくる」

「生憎《あいにく》とやくざものとは上手くやっている。おまえたちみたいに袖の下を要求してこないだけ、まともな輩《やから》だな」

そう言うと男の部下が、「この男は夜王と昵懇です」と耳打ちする。夜王とはこの貧民街を取り仕切る侠客の長の名である。普通の人間ならばその名を聞いただけで震え上がるが、この男はそれなりの身分の役人らしく、恐怖しなかった。

「——なるほど、強気なのはそこにあるのか。後ろ盾があるからといい気になるなよ。我らは天子様の臣下ぞ。この国の治安を守るように命じられている」

「この国の民の医療は守らなくていいのかね」

「なにを言う。あくどく儲《もう》けている癖に」

「正統な治療費をもらっているだけだ」

「それの半分を我らに寄越せばいいのだ。さすれば明日からも同じように商売が出来るぞ」

「なるほど、本当にわかりやすいやつらだな。額まで指定してくれる」

「そうだ」

「もしも厭だと言ったら？」

「——そうだな」

役人は診療所を見回すと、手近にあったものに手を触れる。それはとある患者の家族が持ってきてくれた花瓶だった。それの水を床にぶちまけると、

「手が滑った」

と、わざとらしく言い放ち、それを床に叩《たた》きつける。

「なるほど、それが答えか」

「もしも賄賂を寄越さねば診療所中がこうなる」

役人はそう言い放つと、高笑いを上げ、その場を立ち去る旨を伝える。

「いいか、今日のところはこのまま帰るが、じっくり考えろよ。我々は慈悲深いが、やくざのように甘くはない」

そう言い放って帰って行く。途中、香蘭を見掛けると好色めいた視線を向けてくるが、睨み返すと「ふんっ」と鼻を鳴らした。

役人たちが帰ると陸晋少年はいわれるまでもなく塩を撒き、床に散乱した花瓶と花を片づける。白蓮は何事もなかったかのように寝台に寝転がった。

「何を呑気にしているのです」

香蘭は尋ねる。

「俺は風邪を引いているといっただろう。今日は何もしない日だ。おまえの手に負えない患者がきたら手伝うが」

「そうではありません。あのような物言いをされてなにを黙っているのですか。なにか反撃の手を考えねば」

「反撃など不要だ。あいつらはどうせ口だけ。大したことは出来まい」

「しかし、このままでいいのですか。やつらは無能ですが、きっと毎日きますよ」

「だろうな、口では民だの天子だの抜かすが、己の利しか考えていない単細胞どもだしな」

「診療所の運営に差し障りが」

「たしかに。でも厭なやつに金を払うくらいならば死んだ方がましだ。というか俺はな、この世界にやってきてから何度も同じような目に遭った。ただ、これは自慢だが、やつらの嫌がらせに屈したことは一度もない」

「今回も屈しないと?」

「最悪、亡命するさ。この国も南都も飽きてきた。中原国だけが国ではない」

「それではわたしはどうなるのです。あなたの弟子になったばかりなのに」

「月謝は日割りで返すよ」

のほほんと言い張ると、それ以降、宣言通り本当になにもしなかった。——翌日、夏風邪が治り掛けた白蓮は診療所に立つが、さっそく、嫌がらせを受けることになる。白蓮診療所の外、そこに異変が。白蓮診療所の軒先に残飯が溢《あふ》れかえっている。野菜の食べかすや穀類の食べ残しがうずたかく積まれていた。それを見て吐息を漏らす白蓮。

「……こすいが効果的だ。清潔さが売りのうちの診療所には厄介な攻撃だな」

白蓮はやれやれ、と片づけようとするが、それを制す。

「やつらの目的は白蓮殿の心を挫《くじ》けさせようとすること。ここはわたしが。白蓮殿は診療を続けてください」

「なるほど、それは道理だ。しかしおそらくこの先もやつらの嫌がらせは続く。亡命の件、本当に考えなくてはな」

「それだけはさせません。ともかく、白蓮殿は無視してください。わたしが解決します」

「ほう、と言うとおまえがこの面倒ごとを解決してくれるのか」

「はい」

「分かった。まあ、でも俺は気が短い。明日の朝、寝所が空になっても俺を恨むなよ」

「不正を働く役人、それに自分の力のなさを嘆きます」

「いい答えだ。では頑張れ」

そう言うと白蓮は診療所に戻った。香蘭はそのまま無心に野菜くずや穀類を片づけ始める。真夏の残飯は腐るのが早く、とても厭な匂いがした。それでも香蘭は厭《いと》うことなく、素手で片づけ始める。陸晋もそれを手伝おうとするが、役人の狙いは白蓮の心を挫くこと。彼の手伝いが減れば本当にそうなってしまうかもしれない。そう危惧した香蘭はひとりでやる旨を伝える。

陸晋は納得はしなかったが、それしか方法がないと悟ると診療所に戻る。うだるような夏の日差しが照りつける。それは食物を腐らせると同時に香蘭の体力も奪うが、一向に気にすることはない。

「わたしは掃除が好きなのだ」

白蓮診療所の掃除は陸晋と香蘭の担当だった。弟子になって以来、欠かしたことは一度もない。このような作業はなんの苦にもならなかった。香蘭は昼までにすべて片づけ終えると、通常業務に戻った。それを見ていた役人たちは舌打ちをするが、彼らの底意地の悪さは徹底されていた。

——翌日、昨日の倍の量の残飯が詰まれていた。

香蘭は彼らの執念に吐息を漏らすが、気にした様子もなく、今度は夕刻までにそれを片づけた。そうなると翌日はその倍が詰まれた。香蘭は夜まで掛けてそれを掃除した。その不毛な争いは連日続いたが、香蘭は一向に折れる様子がなかった。気落ちすることもない。淡々と掃除をしていた。

その姿を見て心を痛める役人も出始める。そもそも香蘭の掃除が夜中まで及ぶと、残飯をまく暇も限られてたし、連日の徹夜で疲れ始める。何人かの役人がこの醜悪な計画から足を洗うが、それでも首謀者の役人は諦めず、より狡猾な方法を思いつく。残飯を掃除させてもそれを運び出させなければいい。そう姦計《かんけい》を巡らしたのだ。

通常、街の残飯は一カ所に集められ、それを肥料として商人が買い取る。それを畑に撒き、作物を育てる循環が出来上がっているのだが、それを止めさせれば診療所付近に残飯が積み上がると思ったのだ。役人は残飯商に圧力を掛けると、残飯置き場を封鎖した。その作戦は上手くいった。

翌朝、香蘭がいつものように残飯を捨てに行くとそこには商人が回収しなくなった残飯の山が。それを見て一瞬、途方に暮れる香蘭だが、即座に別の区画の残飯置き場に向かう。その残飯置き場は歩いて一里ほどあったが、香蘭は気にする素振りさえ見せなかった。

香蘭は深夜まで残飯を片づける。その様子にさすがの首謀者も呆れたが、効果があると分かったのだろう。次々と残飯置き場を封鎖していく。これでもどうにもならない、それくらいの勢いで封鎖していくが、香蘭はそれ以上の勢いで残飯を運び去る。

さすがにそれを見て不審に思う役人たち。香蘭の作業はとても人力では無理な領域まで達していたのだ。

「神医の弟子はもしかしたら仙女なのではないか」

そんなことを口にするものまでいたが、これにはからくりがあった。実は毎日、残飯を片づける香蘭の様子を見た貧民街の住人が香蘭の助力を申し出てくれたのだ。白蓮診療所の無料診療は周囲の住人にとってとてもありがたいものだった。それにそれを支える香蘭の存在も。香蘭は無料診療以外の日でも、膝小僧をすりむいた少年がいれば無料で診療し、夜泣きをする子供がいれば適切な助言をその母親に与えた。そのようにして香蘭の徳は徐々に住民に知れ渡っていたのである。これではどのように残飯を積み上げても、残飯置き場を封鎖してもどうにもならなかった。

そのこと知った役人たちは良心の呵責《かしゃく》を覚えたのだろう。首謀者以外、嫌がらせをやめていったが、それに腹を立て、意固地になる首謀者。おそらく、この男は天国には行けないだろうが、そのようなことを気にするものでもなかった。

ここは実力行使だ、と腰にぶら下げた剣に手を伸ばす。その剣で香蘭を脅し、診療所から追い払う作戦である。白蓮という男も助手がいなくなれば諦めて賄賂を払うだろう。

そう思ったようだが、その考えは愚かすぎた。男はすぐに後悔することになる。

「小娘、散々俺のことを馬鹿にしやがったな。この剣でその美しい顔を斬りつけてやる」

悪役のような口上で香蘭に剣を押しつけるが、香蘭は平然としていた。誰かが助けてくれるという確信をしていたわけではない。自分ではどうにもならないと思ったのだ。前にも言ったが香蘭には武芸の嗜みはない。ゆえに抵抗をしても無駄だと思ったのだ。

無論、顔を斬られるのは厭であるが、特に感慨はなかった。もとより結婚などするつもりはないし、自分の美醜には無頓着なのだ。衛青玉のように思い悩むことはないだろう、と思った。ただ、前述した通り、そのような事態にはならなかったのだが。

すんでのところで助けが入ったのである。香蘭を助けてくれたのは見知らぬ男であった。立派な服を着た老齢の偉丈夫《いじょうふ》。文官めいた知的さと武人めいた威風を併せ持った人物だった。その男は役人の手をがしりと摑むと、

「その剣は天子様から拝領したもののはず。それを私腹を肥やすために使うとはなんという恥知らずだ!!」

その言葉に役人は腹を立て、振り返り、男を罵倒する。

「ええい、何者だ。俺は戸部府《こぶふ》(民事、戸籍、租税)の役人だぞ。一二品の位も賜《たまわ》っているのだぞ。それを知っての狼藉か」

「なるほど、悪党ほど天子様の威を借るというのは本当だ。このような男に一二品の位を授けるなど、おまえの上司の目は曇っているのだろう。あとで叱責しておかねば」

「……叱責だと」

その言葉、老人の身なりを見て役人はうめく。もしかしてこの老人は自分などよりも遙かに身分が高いのではないか、そう感じたようだ。そしてその想像は当たっていた。

老人は言い放つ。

「我の名は、内侍省東宮府長史《ないじしょうとうぐうふちょうし》、岳配《がくはい》である」

内侍省東宮府とは皇太子の世話役が所属する役所である。その長史とはつまり長官だ。東宮府の長史は五品に当たる。どれくらい偉いかといえば五品からこの国の皇帝に直接話し掛けることが出来る立場になる。皇帝が座する区画に入ることが出来る身分。いわゆる殿上人《てんじょうびと》と呼ばれるのが五品だった。

岳配の身分を知った役人は腰を抜かし、剣を落とす。平身低頭して、無礼を詫びる。

「な、内侍省東宮府長史様とは露知らず数々の無礼、お許しください……」

まさに地に頭をこすりつけるような勢いであった。役人として庶民をいたぶるものにとって宮廷での位は絶対なのである。岳配は役人を蔑んだ目で見下ろすと言った。

「おまえは恐れ多くも天子様の剣で、天子様の民を傷つけようとした。万死に値する行為であるが、診療所の前で人を切り捨てることは出来ない。追って沙汰するゆえ、謹慎していろ」

役人は恐れおののいたまま、立ち去っていった。こうなると哀れに見えるが、岳配は手心を加える気はないようだ。必ず処罰すると明言する。威厳と苛烈さに満ちあふれている老人は、香蘭のほうを見た。阿修羅《あしゅら》の顔から好好爺《こうこうや》に戻っている。

「大事ないかね。お嬢さん」

「助かりました岳配様のおかげで傷ひとつありません。ありがとうございます」

「礼には及ばない。そもそもあのような汚職官吏を生み出してしまったことは朝廷で高位をいただくものとして恥ずかしい。許してくれ」

そう言って頭を下げる岳配。香蘭は驚く。香蘭の父祖は宮廷医だった。そのため、たまに宮廷の高官がやってくることもあるが、彼らは皆、誇り高かった。少なくとも小娘である香蘭に頭を下げるような人物はひとりもいなかった。変わった人物であると同時に、高潔な人物であるとすぐに悟ることが出来た。

このような人物にはこちらも誠心誠意接するべきだろう。そう思った香蘭は一通りの礼を言い終えると、岳配のような高官がなぜこのような場所にいるのか尋ねた。彼のような人物がなんの意味もなくこのような場所にいるとは思えなかったのだ。その推測は的を射ていた。岳配は人の善い笑顔で微笑むと言った。

「さすがは〝神医〟の弟子。陽家の娘だな」

その言葉で彼が香蘭のことを知っていることを察する。そしておそらく神医に用があってきたことも。

「白蓮先生にご用件があるのですね。お取り次ぎしましょうか?」

岳配は「有り難い」と言葉を紡いだ。

白蓮診療所には貴賓室はない。貧民街にそのようなものは不要なのだ。それに白蓮は華美や権威を毛嫌いしているのでそのようなものは目障りでしかない。

「もしも皇帝がやってきてもここに通すよ」

と、みすぼらしい応接間に平然と岳配を通した。白蓮は陸晋少年に「粗茶」でいいぞ、と言い切るが、陸晋少年は気を利かせて、「宮廷の高官ではなく、香蘭さんを救ってくれた恩人としてもてなしましょう」と提案した。

「好きにしろ」

白蓮は無愛想に言うが、次の言葉で棚の奥にしまっているとっておきの黄茶と月餅を出すように指示をする。陸晋少年は破顔するとそれを実行する。

応接間の椅子に白蓮と香蘭が座る。その対面には岳配が座していた。白蓮の風体も立派で貴人のようであるし、岳配は言わずもがな。とても圧迫感のある光景になってしまったが、このような席でも緊張しないのが香蘭の長所であろうか。改めて先ほどの礼を言うと、白蓮もそれに続く。

「頼んだ覚えはないが、弟子を救ってくれた礼は言う」

なんとも不躾《ぶしつけ》な礼であるが、岳配は気にした様子もない。

「相変わらずでなによりだ」

「相変わらず？　ということはおふたりは面識があるのですか？」

香蘭が、白蓮に尋ねると、彼はつまらなそうに、

「まあな」

と言った。

岳配は逆に、

「面識どころではない。白蓮殿にはかつて何度も助けていただいた」

と言い切る。

「白蓮殿は宮廷医だったのですか⁉　初耳だ」

「宮廷医じゃない。ただの助言者さ」

「助言者か。しかし、それは謙遜だ。貴殿のおかげでこの国は何度も救われたというのに」

「それは吹かしすぎだろう」

「大げさではあるが、誇張ではない。ましてや虚言でも」

「ふん、まあいいさ。ところであいつは元気かね」

「あいつとは？」

「とぼけるな。内侍省東宮府長史ともあろうものが直接やってくるのだから、その裏で動いている人間はおのずと予想が付く」

「なるほど、では隠しようもないな。そうだ。わしは東宮様の命令でここにきた」

「東宮様‼」

ひとり大声を上げてしまう香蘭。きんきん五月蠅《うるさ》いと白蓮に苦情をもらうが、その苦情はお門違いだ。東宮などという単語が出てなにも言葉を発しないほうがどうかしている。

「東宮がそんなに珍しいかね」

「珍しいとかそういうものではありません。畏れ多いです」

「なぜだね」

「東宮様とはこの国の皇太子殿下のことです。つまり未来の皇帝ではないですか」

東宮とは皇太子の別名である。宮廷の東側に宮殿を構えたことから、皇太子のことを東宮という名称で呼ぶことが慣例となっていた。中原国よりもずっと前に成立した王朝からの伝統である。

「しかしその東宮様がなに用でこのような診療所に。白蓮殿と東宮様はお知り合いとは」

「知り合いではない。ご友人だ」

断言する岳配だが、白蓮は明確に否定する。

「知人だよ。ただの」

どちらが正しいかは分からないが、説得力は岳配のほうにあった。彼は続ける。

「そのご友人であらせられる東宮様よりのたっての願いでやってきた。頼りになる医者がほしい、側に居てくれ、というお言葉を預かっている」

「恐れ多くも東宮様の令旨であらせられるか」

白蓮は戯《おど》けながら言う。

「その通りだ。――貴殿に断る権利はない」

「おいおい、それでは先ほどの役人と変わらないぞ、やっていることが」

「その通りだ。これはわしの考えだ。東宮様はもしも断られたら仕方ない、と言っていらした。いや、白蓮殿はおそらく断るだろうとも」

「分かってるではないか、さすがは自称友人だ」

「だが東宮様はこうもおっしゃられた。もしも白蓮殿がきてくれないのであればその弟子を呼んでくれと」

「弟子とは香蘭のことか？」

「そうだ」

ふたりの視線が香蘭に集まる。美丈夫と偉丈夫に見つめられると緊張してしまうが、香蘭は臆することなく尋ねる。

「東宮様がわたしをご所望ということなのですか？」

「そうだ」

「それは医者としてですか？」

「そうだ」

「わたしはまだ未熟ですが」

「東宮様がおっしゃっていた。白蓮殿を超える医師はこの世界にはいないだろう。しかし、やつが弟子にしたということはなにか人とは違う長所を持っているはず、そうおっしゃっておられた」

「……東宮様が」

「そしてわしはそれを調べたが、おそらくそれは仁なのであろうな。おまえは役人の嫌がらせにも屈することはなかった。やつらの姦計にまっすぐ立ち向かい、決して折れることはなかった。それは誰にでも出来ることではない」

「褒めすぎです」

香蘭は恐縮してしまう。

「それは謙遜だ」

岳配は短く言うと白蓮のほうへ振り返り言った。

「というわけで白蓮殿、貴殿がきてくれないと言うならばこの娘を借り受けたいが」

「他家の娘と人妻と歯磨きは容易に貸し借りするな、と父親に習ったのだが」

際どい比喩を用いる白蓮だが、強硬に反対する気はないようだ。

「いいだろう。香蘭は宮廷の中を見たいと常日頃から言っていた。陽家は勤皇家の血筋だから幻想を抱いても仕方ないが、愚かなことだと思っていた。内部から腐敗を見ればおのずと考えが変わるかもしれん」

「ならば借り受けていいのだな？」

「どうぞ、熨斗《のし》を付けて貸してやろう」

白蓮がそう宣言すると香蘭の運命は定まった。香蘭は後宮で宮廷医の見習いとして住まうことになったのである。医道科挙に合格していないものとしては特例中の特例であったが、幸いなことに東宮というのはそれを定めることが出来る立場にあった。東宮が香蘭を側に置く、と言えばそれが法となるのである。

こうして香蘭は東宮御所に向かうのだが、その前に一騒動起きる。家に帰り、そのことを家族に伝えると、陽家に激震が走り、霹靂《へきれき》が落ちたかのように騒動になったのだ。まずは母親が軽く目眩《めまい》を起こす。それを支える使用人たち。そして母親は先祖の廟《びょう》へ赴くと香蘭の立身出世を報告した。

女中である順穂は涙と鼻水を流し、「あの小さかったお嬢様が東宮様にお仕えすることになるなんて」とむせびながら泣いた。

冷静な父親も平常心ではいられないようで終始、にこやかに「めでたい」と祝福してくれた。その日から香蘭が宮廷に出仕するまで陽家では連日のように小宴がもよおされた。それはとても有り難かったが、ひとつだけ面倒なことが。それは母親と順穂が香蘭を毎日のように着せ替え人形にすることだった。

「東宮様にお仕えするのだから今までの格好ではいけません」

と香蘭に立派な衣服を身にまとうように強要する。絹で作られた上質の衣服、南都でも指折りの職人に作らせた華美な衣装を連日のように試着させられた。値段を軽く尋ねるが、白蓮に支払っている月謝よりも高いものがあった。

衣服など着られればどれも同じという哲学を持っている香蘭。一番安いものを所望したが、母親と順穂がそれを許してくれなかった。香蘭がその気ならば一番高いものを、と言われてしまう。困り果てた香蘭は一生懸命に悩んで選ぼうとしたが、なかなか決まらない。母親は「好きな殿方を思い浮かべ、その方に見せたい姿を想像しなさい」と言った。

そのようなものはいないので余計に困ってしまう。すると母親はなにを思ったのか白蓮殿を想像しなさい、と言った。さらに難しい注文であるが、一応する。白蓮ならばあまり飾り気のない衣服を喜ぶだろう。色も派手なのは嫌いそうだった。なので母親と順穂が一番無難と言った着物を選ぶ。

母と順穂はつまらないという顔をしたが、香蘭がそれに袖を通すと、

「まあ……」

と顔をほころばせた。この飾り気のない衣装が想像以上に似合っていたのだ。華やかさはないが、仕立ての良い衣装で着るものを大人びて見せてくれる。母親はうっとりと娘を見つめながら、仕立屋に言った。

「これにするわ。まるで娘のためにあつらえたみたい。これを見れば東宮様も気に入られることでしょう」

未来の后妃になれるかも、というのは冗談であろうが、ともかく、香蘭はほっとする。正直、着物選びなどで時間を使いたくないのだ。思いがけず宮廷に出仕することが出来

たが、香蘭は医道科挙を諦めていない。東宮様にいつまでお仕え出来るかは分からないが、後宮に出仕しつつ、白蓮の診療所にも通い、医道科挙の勉強もするつもりだった。白蓮に三兎《さんと》を追うものは兎《うさぎ》の毛すらも得られない、と言われそうであったが、香蘭としてはこれくらい欲張りに大志を持ったほうがいいと思っていた。少なくとも香蘭の祖父は、官吏と医道、両方を極めた。自分にそれが出来ないと小さくまとまるのはよくないことだと思われた。

†

後宮に出仕する日、陽家のものは一堂に会する。父母に姉、使用人たちもずらりと並び、香蘭を送り出す。少し気恥ずかしいが、皆が喜んでくれているのが誇らしかった。香蘭は東宮様が用意してくださった馬車に乗り込むと、そのまま宮廷に向かう。陽家は南都の中心地に近く、そう時間も掛からずに到着する。今までの人生で何度も眺めてきた宮廷を見上げる。中原国の南都にある宮殿はとても壮大だった。散夢宮《さんむきゅう》と呼ばれる壮大な建物群、敷地は中原国の歴代の皇帝たちが建築し、増改築を繰り返してきたものだ。どれも華麗で壮麗でその時代折々の建築様式が見事に調和していた。庶民ならば入ることも許されない壮大な門をくぐる。すると皇帝の住まう建物が見えるが、香蘭が向かうのはその東だ。後宮の一角、さらにそこに区切られた皇族男子が住む一角である。

そこの主、皇太子に呼ばれたのだ。彼のなんらかの頼みを聞き入れるのが香蘭の使命であるが、さすがの香蘭も緊張してくる。このように壮麗な建物群、衛兵や文官たちとすれ違うと、場違いな雰囲気を感じてしまうのだ。

さらにいえば東宮御所の奥に進めば進むほど、女性が増える。否、女性としかすれ違わなくなる。煌《きら》びやかで華やかな衣装を着た女性たち、彼女たちは宮女と呼ばれる人たちで、後宮に住む貴妃たちの世話をする係のものであった。このように美人で綺麗な衣服を着ているのに、彼女たちは貴妃ですらないのだ。もしも本当の貴妃と出会えば香蘭はより緊張してしまうかもしれない。

香蘭は幼子が綺麗な蝶々《ちょうちょう》を見つめるような顔で東宮御所の奥を進んだ。案内はいつの間に男性から女性に変わっていた。ここから先は東宮と宦官、それに東宮府長史である岳配以外の男は立ち入れないようになっているのである。香蘭も衣服の上から軽く身体を触られ、性別を確かめられたくらいだ。

東宮御所はいわば皇太子の後宮であるから、男子は禁制なのである。よほど信頼を置かれた人物しか入ることは許されないのだ。そのような場所に誘われるとは白蓮の信頼度の高さは相当なものなのだろうが、さてはて、その弟子である香蘭はどうなのだろうか。医師としての腕は彼よりも遙かに劣るが。そう思っていると岳配が現れる。東宮御所へようこそ。

「遠路はるばる――ではないか、しかし、それでも散夢宮にようこそ」

と歓待してくれた。有り難いことであるが、まずは東宮の望みを尋ねた。気が短いというよりは好奇心がまさったというべきか。一国の皇太子がなにを望み香蘭を招聘《しょうへい》したのか気になるのである。そのことを話すと岳配は納得してくれる。

「香蘭の言うことはもっともだ。東宮様も早く会いたいとおっしゃっていた」

しかしだ、と続ける。

「東宮様にお目にかかる前にとある貴妃の治療をしてほしいのだが」

「とある貴妃の治療ですか？」

意外な頼みごとに驚く。

「そうだ」

「それが東宮様のお望みなのですか？」

「望みのひとつである。いや、包み隠さずいえばおまえがその貴妃の治療を出来るか否かでその実力を図りたい」

「分かりました」

香蘭はふたつ返事で同意する。なぜならば自分は医者だからだ。まだ卵であるが、病人がいれば診るのは当然のことであった。

その貴妃は東宮御所の奥に館を構えているという。

東宮御所の一角でもひときわ奥まった場所、寂しげな屋敷だった。さらにその館に続く道は封鎖されていた。ただならぬ気配に香蘭は不審を抱く。このようにして隔離するということはただの病ではない。岳配に尋ねると彼は「分かるか」と言った。

「分かりますとも。これでも医者の卵ですから。もしかして伝染病の類ですか」

「そうだ。ただ、同じ空間にいても伝染るものではない」

「――となると性病の類ですか」

「察しがいいな。さすがは白蓮の弟子」

「後宮で隔離するなど他には考えられません」

「そうだ。後宮は権謀渦巻く伏魔殿だ。誰しもが他人を陥れようと手ぐすねを引いている」

「たしかに貴妃が性病に罹《かか》ったなどと知れれば後宮は上を下への大騒ぎとなります」

後宮とは皇帝、あるいは皇太子が子孫を残すために存在するのだ。神聖にして不可侵の皇族に性病を伝染させれば一族もろとも磔《はりつけ》はまぬがれない。ただ気になるのはなぜ、性病に罹った貴妃を東宮内に留め置くのだろうか。

「一度、実家に帰らせて療養させるか、暇を出してしまえばいいのでは？」

そう指摘するが、それは出来ないと言う。

「その貴妃は東宮様の寵姫《ちょうき》なのだ。東宮御所を追い出すなど出来ぬ」

「東宮様はこのことをご存知なのですか？」

「知っている。知っていてあえて救いたいとおっしゃる」

「お優しい方だ。しかも貴妃様を信頼していらっしゃるようだ」

「ほう、なぜ分かる」

「普通、貴妃が梅毒に罹れば不貞を疑います。女性を責めるもの。そうではなく、東宮御所に留め置き、医者に診せるというのは貴妃を愛しておいでになる証拠かと」

「その通りだ。普通ならば梅毒に罹れば相手を疑う。しかし、東宮様は一切疑うことがない」

嘆息しながら、お人が好い、と呟《つぶや》く岳配。

「……その様子だと岳配様も梅毒は性行為によってしか感染しないと？」

「そうではないのか？」

「たしかに性行為がおもな感染源ですが、必ずしもそうではありません。梅毒は市井ではありふれた病気なので何度も診たことがありますが、生娘だって患うことがあります」

「例えばどのような？」

「梅毒患者の体液に触れてしまった。あるいはくしゃみなどを吸い込んでしまった。これは相当運が悪い事例ですが」

健康状態がよほど悪化していなければくしゃみ程度ではどうということがない。

「なかでも多い事例は、衛生観念が乏しい藪医者《やぶいしゃ》が医療器具を使い回ししたときに感染することでしょうか」

「……ふむ」

「包帯や診療器具を使い回すと感染する。白蓮殿はこれを一番嫌い、白蓮診療所では基本使い捨てか、それが出来なければ入念に消毒します」

「そういうことか。おそらくだが、どこかで運悪く梅毒患者に接触したか、あるいは藪医者に掛かったか」

「でしょうね。性行為の感染ならば周囲の男も同様の症状が出てます」

香蘭はじいっと岳配を見つめる。

「その目はわしを疑うか？」

「いえ、そのようなことは。ただここには皇太子様と岳配様しか出入り出来ないのですよね」

「わしとて普段は貴妃の寝所には近づけない。それにわしはもうとっくに枯れている」

かっかっかと笑う老人。

「貴妃にはひとり、宦官が付いているがそのものも健康。ということはやはり東宮御所の外で運悪く感染したのだろう」

「おそらくは」

岳配の高潔さを信じている香蘭は同意すると件の貴妃の館に入った。今は感染経路よりも患者の容態を診るのが先決だ。梅毒というのは重篤になるとそのまま死に繋がる病だった。しかもただ死ぬのではなく、悶《もだ》え苦しむ。身体を腐らせ、末端を壊死させる。やがて顔も歪ませ、どのような美姫《びき》も醜くさせてしまう悪魔の病なのだ。香蘭は妓楼などで梅毒に感染し、死んでいった娼妓《しょうぎ》たちをたくさん見た。綺麗に着飾った彼女たちの顔が腐り落ちていく様は、目を背けたくなる壮絶さだが、だからといって目を背けることは出来ない。

それにではあるが、梅毒は死病であったが、今は治療法が確立されつつあった。有機ヒ素を用いた劇薬を使うのだが、さらにいえば白蓮という神医が〝ペニシリン〟なる抗生物質を作り出すことに成功していた。その弟子である香蘭ならばそれを分けてもらうことも可能だった。目玉が飛び出るような薬代が請求されるが、鼻が削《そ》げ落ちるよりはましというもの。それに治療費を出すのは東宮様である。金の心配は無用だろう。

ただ、それでも白蓮の〝ペニシリン〟も万能ではなかった。処置が遅れれば遅れるほど助かるものも助からなくなる。なので手早く貴妃の様子を尋ねる。

病床の貴妃の面倒を見ていたのは、宮女でも端女《はしため》でもなく、男だった。ただの男ではない。太監と呼ばれる官職についている宦官が彼女の面倒を見ていた。名を苑《えん》というらしい。見目麗しい宦官で、女と見違えそうなほどの華奢《きゃしゃ》な男だった。美男子ぶりは白蓮といい勝負であるが、苑のほうが線が細かった。

「貴妃様は今、病に伏せっていらっしゃいます。ふさぎがちなので診療は手短に行っていただけますか」

淡々と言う苑。分かったと返すが、「それではこの砂時計が落ちきるまでで」と言い放つ。砂時計の砂粒は数え切れそうなほど少ない。それでは脈も取れないし、性器も確認出来ない。そう文句を言おうとするが、父の言葉を思い出す。

「いいか、香蘭、善きにしろ悪《あ》しきにしろ、後宮とはそのような場所だ。貴人の気分が乗らなければ貴人の腕がちぎれ落ちそうでも治療は出来ない。貴妃が烏《からす》が白といえば白なのだ」

無論、それでは治療など不可能だ。だからこそ患者との心の繋がりが大事と続くのだが、今は患者と繋がる時間はない。

「……やるしかないか」

白蓮は後宮は魑魅《ちみ》魍魎《もうりょう》が蠢《うごめ》く坩堝《るつぼ》だと言っていた。自然の摂理よりも政治の論理が優先される場所だとも。さっそくその洗礼を浴びたわけであるが、気にせず香蘭は貴妃の容態を確認した。香蘭が部屋に入ると宦官の苑は砂時計を逆さにする。部屋に入るなりか、と思ったが抗議をすればそれだけ時間を取られるので手早く患者の体を診察する。まずは妊娠の有無。腹を確認し、本人に問い質《ただ》す。

「あなたの腹に子はいるか？」

彼女は軽く首を横に振る。女を見れば妊娠を疑え。老女だろうが、少女だろうが同じである。妊娠の有無によって治療方法が大幅に変わるからだ。これは白蓮仕込みの問診だった。

「ややこはいません」

「それでは直近に宮廷の外に出たことは？」

「ありません」

「ふむ……」

香蘭は腹の大きさ、本人の申告から妊娠していないと判断する。続いて感染経路を確かめるための質問をすると脈を取る。正常な脈をしていた。

「……」

手を見て軽く違和感を覚えた。砂時計を気にしつつ彼女の顔を覆う薄い布を取ろうとするが、拒絶される。

「醜くただれた顔は見せたくありません」

そう主張するが、それでは診療が出来ない。それに顔を見せてくれないというならば、性器を見せてくれとは言い出しにくかった。――言い出しにくいだけで言うが。恥じらいなく頼んだからだろうか、それとも同じ女性だからだろうか、貴妃は股を開いてくれる。香蘭は手を消毒すると真面目に観察し、触れたが、とあることに気がつくとそこで砂時計の砂粒は落ちきった。

「時間終了です。香蘭殿、一刻も早く貴妃様を治してもらいたいのですが、どれくらい掛かりますか？」

官の苑が急《せ》かすように言う。香蘭は悠然と答えた。

「苑殿」

「苑とお呼び捨てください」

「それは難しいですが、頑張ります」

「それで治療は出来ますかな？」

その問いには明確に答える。

「出来ません」

「なぜですか？　あなたは神医白蓮の弟子なのでは」

「一番の弟子であるという自負はあります」

「ならば貴妃様を救えるでしょう　救ってください。治療してください」

「それは無理です。なぜならば〝病〟に罹っていないものは、どのような名医でも治療出来ないのです」

「――というと？」

苑の目が光る。心なしか口調も変わる。

「そのままの意味です。この貴妃様は梅毒になど罹っていません。健康体でございます」

「ほう、根拠はあるのか？」

「はい。貴妃様はそもそも処女でございます。性感染する可能性はないです」

「梅毒は性感染以外の経路もあると聞くが」

「ですね、それは岳配様にもお伝えしました。ただし、貴妃様は外出していません。なので外部から病気をもらう可能性もない」

それに、と続ける。

「彼女の周囲にも感染源はなさそうです」

岳配も苑も健康そうだった。

「まあそれらは確信ではないのですが」

香蘭はそこで一泊置くと、核心に触れる。

「一番の理由は匂いです。このものからは梅毒患者独特の腐臭がしない。顔がただれているというが、手足は健康そのもの、肉付きはわたしよりも遙かにいい」

「なるほど、当てずっぽうではないのか」

ふむ、と感心する苑。

「他に気がついたことは？」

「そうですね、この方が貴妃様ではない、ということでしょうか」

その言葉を聞いた女性はぴくりと身体を震わせる。苑は興味深げに香蘭に尋ねる。

「なぜそう思った？」

香蘭は明朗に答える。

「皇太子の貴妃が処女のわけがない」

「道理だな」

はっは、と笑う。

「それにこの方の手は荒れている。おそらくですが、宮廷の洗濯婦ではないですか？」

「そこまで分かるのか？」

香蘭は自分の手を苑に差し出す。

「……貴殿の手も荒れているな」

「我が白蓮診療所には常に十数人の入院患者がいます。彼らの衣類、布団を洗うのも弟子の仕事」

香蘭の家には朝廷より賜った領地がある。そこからの収入と診療費でそれなりに裕福だった。使用人もたくさんいる。ゆえに生まれてから一度も洗濯などしたことがなかったが、白蓮診療所ではそうはいかない。陸普少年や患者の家族と協力して洗濯物をしなければ患者に清潔な環境を与えられないのだ。香蘭も十全にそれに協力している。手が荒れるくらいに毎日洗濯物と向き合ってきた。

「なるほどな、鋭い観察力だ。さすがは白蓮が弟子にするだけはある」

「ということはわたしの推察は当たっていますか？」

「すべて正解だ。このものは貴妃ではない。ただの洗濯女だ」

そう言うと苑は彼女の顔を隠している布を取る。顔が白日の下に晒される。貴妃の寝所にいたのは妙齢の女性だった。綺麗な顔をしている。

「このように梅毒で顔もやられていない。そこも正解だ」

まるで仙術のようですな、と横に控えていた岳配がうなる

「それは違う。このものはすべて目の前にある事象を咀嚼《そしゃく》して結論に辿《たど》り着《つ》いた。白蓮と同じで論理的に正解を選んだのだ」

「さすがは白蓮殿の弟子ですな。末恐ろしい」

「そうだ。これでこのものが白蓮の代わりとなると分かったな」

「はい」

「岳配は部外者に頼ることを反対していたが、私はこのものを頼ろうと思っている」

「それがよろしいかと」

岳配が恭《うやうや》しくうなずくと、香蘭が抱いていた不審が確信に変わる。実は香蘭は、この苑という男が宦官ではないと気がついていた。岳配より身分が低い宦官にしては妙に偉そうだと思っていたのだ。おそらくはかなり高位の役職と思われる。少なくとも皇族の世話をする太監ではないだろう。そのことを指摘すると、苑は「ほう」と目を見開いた。

「本当に鋭い娘だな。そうだ、俺は太監ではない。喉仏もあるし、髭《ひげ》も生える」

薄《う》っすらとだがな、と笑う。

「ここまで完璧に推理するとはさすが白蓮の弟子だ」

高笑いを上げる苑。褒美をくれるという。

「なんでも所望せよ」

その物言いはまるで一国の皇帝のようだ、と香蘭はつぶやいた。

「皇帝か。さすがにそれは半分外れだ」

「……半分？」

と不審がっていると苑は笑い声を強めた。

「なんだ、さすがの白蓮の一番弟子も気がつかないか」

苑はそう言うと驚愕の言葉を続ける。

「私の姓は劉《りゅう》だ。この国の国姓を持っている。そして父親が死ねば私がこの国の皇帝となる。意味は分かるな？」

これで分からなければ医者など務まらない。香蘭は平伏しようとするが、それを止める。

「俺は〝あの〟白蓮の友人だぞ。礼儀作法など気にしない。むしろ、堅苦しいことは嫌いだ」

「しかしそれでも東宮様に無礼など。母に叱られます」

「叱ってくれる母者がいてくれて羨ましいな。とにかく、公の場所でなければ平伏など不要」

そうまで言われてしまえば従わざるを得ない。しかし、と思う。この方がこの国の東宮なのか。香蘭の身分ではやんごとなきお方と会う機会などない。貴人は背中に後光を発しているとか、麒麟《きりん》や鳳凰《ほうおう》を従えているという噂もあったが、残念ながら虚偽のようだ。それでもその威徳は庶民にないものがあったが。眉目秀麗な顔立ちがそうさせるのではない。生まれながらの「皇族」という立場がそうさせるのだ。

あらためて貴人の中の貴人を観察していると、東宮は手を差し出してきた。きょとんとしていると東宮はおっしゃられる。

「おまえの師匠にならった挨拶だ。握手というらしい」

東宮の御手を取るなど、恐れ多いことであったが、断る勇気もない。恐る恐る手を取るが、その手は繊細で婦女子のようであった。それに温かみもある。改めて東宮が自分と同じ人間であると自覚した香蘭、うやうやしく握り返すと、彼はにこりと竜胆《りんどう》の花のような笑顔を浮かべながら力強く握り返してきた。

その力は婦女子のそれではなく、一国を担う男のものだった。

†

一月以内にとある貴妃の心の病を治してくれ、というのが東宮の願いであった。

「とある貴妃といいますと先ほど身代わりをした洗濯婦ではなく、本物の貴妃様ですか？」

「そうだ」

東宮は答える。

「梅毒ではなく、心の病なのですね？」

確認するように言う。

「そうだ」

「彼女はどうして心を病んでしまったのですか？」

「それが分からない。だから勘の鋭い名医を探していた」

本当は白蓮がよかったのだが、とは言わないところが東宮の器の大きさだろう。

「おまえは不正を働く役人を暴力ではなく智恵《ちえ》ではね除《の》けた。洗濯婦が偽の貴妃であるとすぐに見破った。鋭い観察眼を持っている」

「父もそうですが、白蓮殿も言ってました。観察眼こそが医者の基本である、と」

「ならばその基本を使って貴妃の心の澱をとってやってくれまいか」

「分かりました。わたしは医者です。病人は放っておけない」

しかし、と香蘭は続ける。

「一月という制限が気になります」

「一月では無理かな」

「心の病ですから、一日で治る場合も、数年掛かる場合も」

患者の抱える心の問題によって変わるのだ。貴妃ならば顔に吹き出物が出来ただけで思い悩む場合もあるだろう。その場合は陽家秘伝の軟膏を塗ればいい。しかし心の問題が人生に及んでいた場合、それを解決するのは難しい。問題よりも本人の考え方が心を病ませている場合が多いからである。その場合は何年も掛けて治療しなければいけない、というのが父の言葉だった。

「一月とは私も性急だと思うが、今は時間がないのだ。私にも彼女にも。――実は一月後、後宮で宴があってな」

「それに参加されるのですか？」

「ああ、私も彼女もな」

「欠席されればいいのでは？」

「そうはいかない。彼女は歌の名手でな。父のお気に入りなのだ」

「と言いますと？」

「そこで私の弟の貴妃と彼女が歌舞で勝負をする約束になっている。不戦敗は困る」

――男の見栄《みえ》ですか。皇族も市民も大差ない、そう思ってしまったが、その表情を読まれたようだ。

「そう言うな。私も馬鹿らしく思っている」

香蘭は表情に出してしまったことを恥じる。皇族には皇族の、市民には市民の悩みがあるのだ。悩みの重さは人それぞれ。それに臣民である香蘭が、そのような態度で東宮様の思いを計るなどもっての外であった。もしも今の姿を祖父が見れば、怒るどころか悲しみで震えるに違いない。そう思った香蘭は片膝を突くと、東宮に礼をする。

「承りました。必ず東宮様の貴妃様の心を治癒し、彼女の美しい歌声を取り戻して見せましょう」

その言葉、それに香蘭の決意に満ちた瞳を察してくれたのだろう。東宮は真剣な目を向け、うなずいた。

中原国の皇太子の貴妃の心の病を治す、という大きな役目を背負うことになった香蘭。さっそく、貴妃のところへ向かいたかったが、岳配に制される。

「今回、診ていただく貴妃は大変繊細な女性。――そう、まるで蝶々のような儚い姫君」

後宮の庭園を舞う蝶々を想像する。

「今、寝所で伏せっておられる。信頼の置ける女官しか近づけさせない。東宮様の面会すら断る」

「となるとなんの面識もないわたしなどが行っても無駄でしょうか」

「おそらくは――」

「ならばしばらく様子を見るしかないですね」

「そうしていただこう」

しかしそれでも事前に情報がほしい。香蘭がそう願い出ると、岳配は快く教えてくれた。

「貴妃の名は帰蝶《きちょう》という」

「帰姓ですか？　変わっていますね」

「彼女は異民族の娘だ。西戎から流れてきた一族だ」

「異民族の娘が貴妃になれるものなのですか？」

「なれるさ。後宮は器量次第でいくらでも出世出来る」

　おまえも後宮にはせ参じれば、いい線行くぞ。岳配は冗談を言うが、とてもそんな気になれない。この後宮にきてから美しく着飾った女性たちを何人も見てきたが、彼女たちは南方の珍しい蝶々のように綺麗だった。一方、香蘭は贔屓目《ひいきめ》に見ても「蜆蝶《シジミチヨウ》」だろうか。宮廷にある温室の綺麗な花々に止まるより、菜の花で蜜でも吸うほうが似合っていた。

「まあ、いい、誰しもが后妃を目指す必要はない。それにおまえには医術という素晴らしい業《わざ》があるのだ。それを磨いてほしい」

「さしあたり帰蝶様の情報を集めます。それでその帰蝶様と東宮様はどこで出会ったのですか？」

「街の奴婢市場だ」

「奴婢市場……」

「そうだ。奴婢として売られていたところを東宮様が買い取った。――いや、助けたのだ。その辺のいきさつは東宮様も教えてくださらない」

「東宮様はお忍びで街を歩かれるのですか」

「近習《きんじゅ》もともなわずな。そのとき彼女を助けたらしい。そして彼女を気に入って東宮御所に連れていらした」

「そのようないきさつが。知りませんでした」

「わしすら詳細は知らないからな」

ならば容易に吹聴出来ないだろう。香蘭はしかと口を引き締めると帰蝶の情報を求めたが、岳配からはそれ以上有益な情報は得られなかった。

彼から得られた情報を総合すると、
異民族の女性であり、名を帰蝶ということ。

年齢は二〇に満たないくらい。

世にも美しい女性。

歌が非常に上手い。

儚げな性格をしていること。

皇太子の寵愛《ちょうあい》を一身に受けていること。

元々、奴婢として売られていたが、皇太子に助けられ、東宮御所にやってきた。

などであった。

最後の情報以外は東宮御所に住まうものならば誰もが知っているという。

「――ならばあとは自分で東宮御所を歩き回って情報を集めるしかないですね」

香蘭は岳配に許可を求める。

「帰蝶の内憂を取り除くためならばいかようにも取り計らう。皇帝の住まう場所へは立ち入ることは許されないが、東宮御所ならばどこでも入るがよい。東宮様の寝所に入ってもいいぞ」

「しかし、帰蝶様の寝所は駄目と」

「〝正攻法〟ではな」

含みを持たせる言い方をする老人。なにか搦《から》め手《て》を使えということであろうし、それを期待しているそぶりもある。無論、香蘭としてもそれに応えるつもりであった。香蘭は白蓮の一番弟子なのだ。その香蘭が無為無策の徒と思われるのは、師の名を汚す行為である。それは癪《しゃく》だった。


宮廷、後宮、東宮、一般の庶民には分からないだろうが、それぞれに明確な違いと役割がある。宮廷というのはこの散夢宮全体を指す。皇帝やその重臣たちが政務を行う場所を狭義の意味として指すこともある。後宮は宮廷の一角にある皇帝の住まいだ。基本的に女官か男性機能を失った宦官しか立ち入ることは許されない。東宮御所とはその後宮のさらに一角。皇帝の子供たちが住まう場所だ。皇太子が東宮御所の長とされ、弟や姉妹もそこに住んでいる。

香蘭はその東宮御所で女官として働くことになり、一二品待遇の位階を賜った。ちなみに位階は一から一五位まであり、一に近づくほど偉くなる。臣下の中で一番偉いとされる丞相《じょうしょう》が一品で最下層の門番が一五品だった。入りたての門番が一五品から始まることを考えると格別の待遇である。母親が知れば随喜の涙を流すことであろう。破格の待遇であるが、有り難いかと言われればそうでもない。そもそも香蘭は官位や位階とは無縁の人生を送ってきた。無論、医者になれば官位や位階をもらえるはずであったが、それは医道科挙に合格して正規の方法でもらうつもりでいた。いきなりこのような形、裏技でもらうことになろうとは夢にも思っていなかったのだ。

まるで裏口から出世街道を歩むような気持ちだが、皇太子様にもらった位階を突き返すことは出来ない。臣民の道に外れることだからだ。それにこの東宮御所を歩き回るのに無位無冠というのはよくないことのようだ。後宮は階級社会で、洗濯係の女も馬鈴薯《ばれいしょ》の皮むき役にもきっちりと位階が定められていた。彼女たちから不審に思われないためにはきちんと自分の立場を明らかにしなければならないのである。

一二品の女官に相応しいように化粧を始める。東宮御所にくるときは母や家のものにやってもらったが、ここではひとりでやらなければいけない。五品相当、殿上人になれば話は別だろうが、香蘭の立場で化粧係が付くわけもなく、全部自分でやらなければいけない。しかし、それが香蘭にとって最大の難事だ。香蘭は実家ではいつもすっぴんであった。着飾る必要がなかったし、勉強に集中したかったからだ。晴れの日などには渋々化粧をしたが、それもすべて家人にやってもらっていた。自分で自分の顔を弄《いじ》ったことがないのだ。

（――化粧水もすら付けていなかったのに）

それなのに肌が艶やか、というのは使用人の順穂の言葉だが。お嬢様は化粧の乗りがいいらしい、とのことだった。その言葉を信じて白粉《おしろい》や紅をさしてみるが、出来上がった姿に軽く言葉を失う。

「…………」

木々をなぎ倒し、岩をも喰《く》らうという感じの娘がそこにいた。まるで神話に出てくる怪物のようだった。

「人間には向き不向きがあるのだな」

すぐに悟ると、顔を洗い、化粧を落とす。これならばすっぴんのほうがまだましだと思ったのだ。ただ、せめて着るものだけは母親に持たされた中で一番上質なものを選ぶと、そのまま東宮御所を散策する。

香蘭が目指しているのは宮廷医である。宮廷に配属され、そこに勤める官たちに医療を施すのが夢であった。この国の為《ため》に骨身を砕いて働いている官吏や将卒たちの治療を行い、彼らの一助になりたかったのだ。手本だった祖父の言葉を思い出す。

「私は幼き頃より身体が弱かった。子供の頃は将軍となり、この国のために身を捧《ささ》げたいと身を焦がした時期もあったが、それが無理であるとすぐに悟った。しかし、その将軍やそれを支えている官僚を手助けすることは出来る。それが医術だ」

結果、祖父はこの国〝そのもの〟である皇帝の御典医となった。この国を治す医者となったと表しても過言ではないだろう。香蘭もいつかは祖父のような医者になりたい。東宮に声を掛けられた今がその夢を実現させる好機かもしれなかった。皇帝の寵姫の心の病を治せば香蘭をそのまま宮廷医にしてくれるかもしれない。いや、東宮御所の御典医にしてくれる可能性さえあった。東宮とは皇太子のこと。普通、皇太子とはやがて皇帝になるものだから、もしかしたら香蘭はそのまま皇帝の御典医という立場を手に入れることが出来るかもしれないのだ。

祖父が粉骨砕身の努力で医道科挙と官吏科挙、双方に合格し、栄達したことを考えると随分、楽な道を歩めることになる。そのような考えが浮かんだが、香蘭は慌てて首を横に振る。

「――いけない、いけない。悪い考えだ」

香蘭はあくまで正規の道、医道科挙に合格したかった。無論、中には不正な方法、官僚や有力者に賄賂を渡すことによって合格するものもいると聞く。しかし、そのような方法で医者となったとしてなんになろうか。

なんの技術もなく医者になったものが患者を救えようか。不正を働いて医者となったものが患者の目をまっすぐと見つめることが出来ようか。香蘭はそう思うのだ。だからもしも貴妃様の心の病を治せたとしても、その功績を持って東宮様に仕官を申し出るような真似だけはやめようと思った。


散夢宮の一角にある東宮御所。一角といってもその敷地は広大だが。どれくらい広大かといえば外周部をぐるりと歩くと丸二日ほど掛かるくらいである。その規模はちょっとした街ともいえる。事実この東宮御所だけでも数百人の女官や宦官が住んでおり、彼らの生活を支えるための市場もあるほどだった。外部に出ることが容易ではない彼女らが日用品を手に入れるため、商人が定期的に市場を開催しているのだ。それくらいの規模を誇る東宮御所。ゆえに適当にその辺を歩いても人に出くわす。

「……しかしまあすれ違う女性たちのなんと立派なことか」

最初にきたときも思ったが、やはり後宮の女たちは美しい。着物は皆、生地も仕立ても上等なものだ。それだけでなく、女官たちは身体も美しい。瘦せ細っているものは誰もいない。皆、ほどよい肉付きとふくよかさを保っている。

市井の娘との決定的な違いはその髪だろうか。東宮御所の女は皆、髪が綺麗なのだ。白蓮いわく、髪とは本人の髪質もあるが、それ以上に栄養状態が影響する部位なのだ。髪とは実は死んでいる細胞で、人間の老廃物みたいなものなのだという。つまり今まで食べた物質が髪質に影響するのだそうな。栄養状態のよい後宮の女は髪も綺麗なのだという。同じ理屈で伸びる爪も綺麗だった。皆、透明感があり、美しい爪をしている。

そのような見地から観察するのは香蘭くらいなのだろう。すれ違った女官たちに奇異の目を向けられる。

「……見慣れない顔ね」

値踏みされるように見つめられた。

「化粧もしていないなんてどこの端女かしら」

ひとりの女官が香蘭をそう評すと、どっと笑いが漏れ出る。

「笑っては駄目よ。きっと田舎から出てきたばかりの娘なのよ」

「着るものだけは立派ね。村人の寸志を集めて買ったのかしら」

「ならばしばらくは、ううん、ずっと同じ格好ね。覚えやすくて助かるわ」

けらけらと笑い転げる女官たち。さすがにむっとしたが、声に出して反論することはなかった。このような人種とは関わり合いになってもなんの得もないと知っていたのだ。素早く距離を置くが、香蘭は彼女たちの着ている衣服、化粧などを確認する。

「……市井とは大夫違うな」

香蘭は南都のそれなりの場所で育ったが、あのように綺麗な衣服を着て練り歩く女性というのはそうはいない。いないことはないが、あのように群れて楽しそうにしている集団を目にすることはない。ましてや白蓮診療所のある貧民街では一生、目にすることはないだろう。

彼女たちが仙人の国に住まう極楽鳥ならば、市井の娘たちは雀《すずめ》や目白だろうか。極楽鳥たちの会話は、

「出入りの商人に新しい服を仕立てさせた」

「お給金の半分のかんざしを買った」

「太るのが厭だから朝粥を半分残した」

と、どこか浮世離れしていた。少なくとも貧民街では絶対に聞かれない言葉だ。貧民街に生きる女性は明日食べる米にも事欠いた。このような太平楽は述べない。

改めて後宮の娘と貧民街の娘を対比するが、香蘭は彼女たちに好意を持つことは出来なかった。出会い頭に相手を侮辱し、華やかな話に興じる娘。楽しそうではあるが、彼女たちのようになりたいとは思わない。さらに彼女たちが美しいとは思えない。煌びや

かな雉《きじ》のように美しく着飾っている彼女たちだが、木綿を着た雀や目白のほうが美しいと思ってしまうのだ。額に汗水して働き、素朴な笑顔を浮かべる市井の娘たちのほうが好きであった。

そのように後宮と市井の差を考察しながら歩む。白蓮は一度、後宮を覗《のぞ》けば香蘭の考え方は変わる、と言っていたが、白蓮のあの言葉はことを指していたのかもしれない。少なくとも白蓮が宮廷を嫌う理由のひとつだと思われた。香蘭は宮廷の厭な部分のひとつを見てしまったわけだが、そこまで落胆はしなかった。多少は覚悟していたからだ。祖父の言葉を思い出す。

「宮廷は聖人君子の集まる場所ではない。いや、俗人ばかりだ。朱に交われば赤くなるというが、いかに自分を強く保っていられるか、朱に染まらないようにするかが秘訣《ひけつ》だな」

祖父もきっと宮廷のこのような一面を知っていたのだろう、それでもそこに留まり、この国を改革するものに医療を施した。努力を重ね、皇帝の御典医になったのだ。

「清濁併せ呑《の》む人間になれ」

という言葉も思い出す。きっと彼女たちが濁なのだろうが、濁を飲んでおなかを壊しているようでは宮廷医は務まらない。まだ正式な宮廷医ではないが、少なくとも腹は下さないようにしたかった。

香蘭は改めて決意すると情報を集めるため、人通りが多い市のほうへ向かう。そこで話を聞いてくれそうな女官を見つけると彼女に尋ねた。今度は先ほどの反省を踏まえ、位階を伝える。

「初めまして、わたしの名は陽香蘭。――先日この東宮御所にやってきました。一二品の位階を賜っております」

「まあ、十二品とはすごい。羨ましいわ」

女官は驚いてくれる。彼女は長年、東宮御所にいるらしいが、一四品から足踏みをしているのだそうな。かなり素直な女官のようだ。先ほどのこともあるから、少しだけ警戒していたが、なんとかなりそうである。香蘭は「李志温《りしおん》」を名乗る女官と仲良くなると彼女から帰蝶妃の情報を集めた。軽く世間話、身の上話をすると、本題に入る。帰蝶の名を聞いた志温《しおん》の反応は最初、薄いものだったが、しばし考え込むと、「あなたもしかして帰蝶様と敵対するものの一派？」と口を開いた。

「帰蝶様と敵対する一派とは？」

その言葉に志温は、

「――いけない」

と慌てて自分の口を押さえる。どうやら口外出来ない言葉のようだった。なんでも後宮では「見ざる言わざる聞かざる」が鉄則らしい。特に貴妃同士の諍《いさか》いに首を突っ込めば自分の首が飛ぶとのこと。比喩ではなく、本当に。

後宮の女官たちは必然と警戒せざるをえないそうだ。女官の警戒心の高さを知るが、女が噂話が好きであることも知っている香蘭。にこりと微笑み、警戒心を取り去ろうとする。志温は香蘭をじっと観察する。まるで値踏みするように。

「…………」

「…………」

互いの間に沈黙の鎖が現れるが、それは簡単に断ち切れた。小市民である彼女は権力にとても弱いようだ。自分に位階をくれたのが東宮様その人で、彼と岳配様の後ろ盾があることを明言すると、あっさりこちら側に付いてくれた。

「まあ、あなたは東宮様のお気に入りなのね」

「そんな大層なものではありませんが、東宮様の意を受けて動いています」

「ならば錦の御旗はこちらにあるようなもの。なにせここは〝東宮御所〟です。ここの主は皇太子様、管理人は内侍省東宮府長史の岳配様ですもの」

「はい、そのお二方が帰蝶様について思い悩んでいられるようです。なんでも帰蝶様は心を病んでしまい館に閉じこもってしまっているとか」

「そうみたいね。なんだか人に言えない病気になった、という噂もあるけど」

「人に言えない病気？」

「閨《ねや》で罹るアレ」

「ああ……」

と、うなずく香蘭。実はというか、嘘から出た真というか、順番はどちらが先かは分からないが、帰蝶妃は〝梅毒〟に罹っているという噂が東宮御所に広まっているらしい。顔が醜くただれてしまったから人前に出られないのだとか。東宮に感染させないようにしているのだとか。ただ東宮はその噂を否定している。

「帰蝶はそのような女ではない」

と一蹴していた。彼女が自分以外の男と閨を共にするわけがない、と言い放っているのである。その姿は男らしく格好いいが、梅毒は性感染症以外の経路もあるのである。

ただ、と岳配は言う。

「彼女の侍女に尋ねたが、身体には一片の異変もない」

それにもしも彼女が梅毒ならば、東宮にも異変が起きている、というのが岳配の主張だった。東宮は帰蝶妃を寵愛していたわけだから、帰蝶妃が感染しているならば東宮も感染していなければ辻褄《つじつま》が合わない。

私の身体が証拠だ、東宮様は超然としている。帰蝶を憎む一派はその寵愛ぶりにさらに歯ぎしりしている。少なくとも東宮の他の貴妃はそう思っているようである、と教えてくれるのは志温だった。その理屈には納得がいく。そもそも東宮も岳配もその噂を耳にしていたのだろう。だからあのような真似をして香蘭を試したと思われる。

「となると帰蝶様が伏せっていられるのは、その心ない噂のせいでしょうか」

「十分あり得るわね」

志温は言う。

「女が一番傷つくのは淫らな噂を流されること。愛してもいない男に抱かれていると陰口を叩かれることだわ。ましてや東宮様の寵愛は千金よりも貴重なもの。それを喪失するかもしれない噂を流されて、心穏やかで居られる女などいないでしょう」

「心ない噂を止め、彼女に敵対する貴妃を取り除けば、心のつかえは取れるかもしれない」

そう思った香蘭。志温も納得してくれる。「さすがは東宮様のお気に入り」と背中を叩いてくれた。なかなかに気やすい娘である。香蘭は彼女から帰蝶妃と敵対する貴妃たちの情報をもらうと、それを持って東宮御所を出ることにした。

「ちょっとそんな簡単に後宮から出るなんて出来ないわよ」

たしかに苦界と後宮はそう簡単に出られない、と相場が決まっていたが、香蘭は医師身分として後宮に入っているのでそこまで行動を制約されることはなかった。そのことを伝えると志温は羨ましそうにこちらを見てくる。

「それにしても、いきなり里帰り？　もう里心がついたの？」

「まさか。そこまで子供ではありません。しかし自分にはこの場を打開する知恵がない。だから知恵あるものに借りに行くのです」

「知恵のあるもの？」

きょとんとする志温。

「はい、知恵のあるお方です。わたしの師匠筋に当たるのですが、その性格はともかく、頭の回転は誰よりも速い」

「自分のお師匠様をそのように言うなんて」

くすくすと笑う志温。釣られて香蘭も笑うが、その姿を見て志温はさらに楽しそうに笑う。

「そのような笑顔で語れる師匠ならばとても素敵で頼りになる方なんでしょうね。一度、お会いしてみたいものだわ」

「いつか機会があれば」

香蘭はそう返すと、志温に礼を言い、背を向けた。そのまま岳配に馬車を手配して貰うと、南都の貧民街へと向かった。

夏風邪は長引く、というのが数日ぶりに再会した師匠の言葉であった。陸晋少年は甲斐甲斐《かいがい》しく、白蓮の世話をしている。医者の不養生という言葉が頭に浮かぶが、白蓮の場合は過労の方が適切だろうか。彼は誰よりも強欲であるが、誰よりも勤勉でもあるのだ。

†

そのように師匠を評す香蘭を白蓮は観察する。頭の先から爪先まで見つめられる。なにか変なものでも付いているのだろうか、確認するが、塵や汚れなどはなかった。不思議な顔をしていると白蓮は「鈍感な娘だな」と言った。真意を問うと「馬子にも衣装ということさ」と続ける。

どうやら東宮御所帰りの香蘭の格好が珍しいようだ。似合っていないのだろうか？　自分の服の裾を見るが、すぐに無益だと悟りやめる。格好に気を取られていては一流の医者になれない。香蘭は東宮御所であったことを包み隠すことなく話すことにした。

東宮御所で皇太子に試されたこと。彼に気に入られたこと。

東宮御所で出会った意地悪な女官たちの話。気のいい女官の話。

そしてもちろん、東宮様の寵姫の心が病み、それを治さなければいけないこと。

白蓮はそれらを順に聞き終えると己のあごに手を添え「まあ、そんなところだろうな」と言い放った。

「劉淵《りゅうえん》のやつが俺を呼び出すからにはなにか面倒ごとがあるとは思っていた。しかも個人的に困っていることがあるのだろうと」

「ご慧眼です」

「どうせ政治に関わることだと思っていたが、まさか恋煩いとは」

「ある意味では政治かと。東宮様の使命は子を成すこと。帰蝶妃との間にお子が生まれれば人臣は喜びましょう」

「人臣はな。しかし他の貴妃や政治的に対立しているものたちは喜ぶまい。実際、帰蝶という娘は不穏な噂を流されているそうではないか」

「はい、梅毒を患っているだの、東宮御所の外に出て他の男と姦通《かんつう》しているだの、言われ放題のようです」

「なるほどな。しかし、それは事実無根かな」

「少なくとも梅毒ではないかと」

「おまえは帰蝶の股ぐらを開いて確認したのかね」

「……まだです」

「ならば断定するな。医者がもっともしてはいけないのは風聞によって確かめもしないことだ」

それは白蓮の教えそのものだった。まずはその目で確認せよ、そして最後まで考え抜け、というのが彼の教えだ。

「しかし、確認しようにも帰蝶妃は会ってもくれないのです。東宮様にさえ面会をしないらしいです」

「心を病んでいるのだそうだな。理由は？」

「分かりません。ですが繊細な方なので心のない噂に苦しめられているのでしょう」

「なるほど、ということはその噂を根絶出来れば心穏やかになるのだな」

「わたしの考えでは」

「また予想か。……まあ、ときには予断も有効だし、劉淵ですら会えないのであれば、そうするしかないか」

白蓮はそう言い切ると「いいだろう、おまえに策をやろう」と続けた。ただ、香蘭が驚きも喜びもしないのが気に入らないようだ。不審に思い尋ねてくる。

「驚かないのは白蓮殿ならば必ず良い案をくださると思っていたからです。ですからここに尋ねてきた。喜ばないのはその案がとても奇天烈《きてれつ》だと予測出来るからです。その案を実行する実行者であるわたしには気苦労しかない」

その言葉を聞いた白蓮はにやりと笑う。

「分かっているじゃないか、我が弟子は。そうだ。おまえの役目は苦労をすることだ。しかし、その苦労も望んでしたこと。宮廷で働くということはそういうことなのだ」

たしかにそのとおりなので苦笑いをしてしまうが、香蘭は生まれついての貧乏性、気苦労はいくらでも買ってしまう気質だった。授けられた白蓮の策をすべて理解すると、帰蝶を貶《おとし》めようとしている三人の貴妃候補の名を挙げ、彼女たちの調査を始めた。より多くの情報を得て、それらを咀嚼することによって、初めて真相は浮き彫りになるのだ。

一人目の容疑者の貴妃の名は秦央《しんおう》。

東宮御所の貴妃のひとり。とても穏やかな女性で人の陰口をなによりも嫌うという。出来た人物で彼女を悪くいう宮女はほとんどいなかったが、〝ほとんど〟というところが後宮の暗部ともいえる。どのような聖人でも馬が合わないものはいるものだ。貴妃同士のお茶会でも悪口に同調しない詰まらない女、という風評が立っているらしい。人格が評価されている彼女だが、だからといって容疑者候補から外すことは出来ない。

二人目の容疑者は鵬泉《ほうせん》という。

こちらはひと目見ただけで性格の悪さが伝わる。先日、香蘭を東宮内で馬鹿にした宮女たちが仕えているのが彼女だった。あの侍女にしてこの貴妃あり。彼女たちの性格の悪さは主譲り。常に他の貴妃の悪口を言いふらし、他の貴妃を貶めようとしているようだった。しかし、今回の梅毒の噂に関してはたしかな証拠はない。底意地は悪いが、そこまで悪辣ではない、という話もある。

三人目、最後の容疑者は全欄《ぜんらん》という。

古株の貴妃で、東宮に女体を教えるために選ばれたらしいが、皇帝から送り込まれた目付けという噂もある。たしかなことは東宮からの寵愛は受けておらず、そのことを不満に思っているということだ。つまり帰蝶を陥れる動機は十分といえる。

三人の容疑者の情報を手に入れると、うなる香蘭だが、その姿を見て白蓮は「はっはっは」と大口を開けて笑う。人が真面目に悩んでいるというのに、と抗議をすると「おまえは探偵に向いていないな」と断言した。

「探偵とはなんです」

「人様の秘密を暴いて金をもらう高尚な仕事のことだよ」

「ならばわたしは向いていません。人の噂に無関心ですし」

「それでいい。医者には不要な能力だ。だが、宮廷医には必須の能力だが。宮廷医は医療の技術も大事だが、宮廷という魔窟を生き残るには政治的な嗅覚《きゅうかく》がなによりも必要だ。ここの短い間に厭というほど思い知っただろう？」

「…………」

　その通りなので言葉もない。

「さて、助手よ、手に入れた情報をかいつまんで教えてくれるか」

　白蓮は不敵な笑顔で言う。その様はなかなか頼もしく、事実、彼は頼もしかった。香蘭が手に入れた情報を咀嚼すると、帰蝶妃を陥れようとしている貴妃を瞬時に見分けた。

「ああ、なるほど、東宮にいる毒蛇はその女か」

　断言する。

「たったこれだけの情報で見抜いたのですか？」

「無論だ。俺を誰だと思っている」

「神仙ではないと思っています」

「その通りだ。しかし人間でも十分な情報と推察力があれば、それだけで犯人など分かる」

「しかし犯人が分かっても貴妃をあぶり出す方法が分かりません。東宮様の力を借りるにしても、たしかな証拠が――」

「証拠など不要だ。こちらででっち上げるからな」

「というと？」

「まあ、やれば分かる。劉淵に件の三人の貴妃を小宴にでも誘ってくれ、と伝えておけ」

「それならば容易ですが」

「ですが？」

「小宴を開くだけではないのでしょう？　そこで行われる秘策を教えていただきたい」

「分かった」

と言うと白蓮は遠慮することなく香蘭の耳元に秘策をささやく。香蘭は軽く赤面してしまうが、秘策を聞き終えると目を丸くする。改めて端整な白蓮の顔を見つめる。

（……この人は医術だけでなく、策士としても一流だ）

世が世ならば戦場に立ち、大軍師と呼ばれる存在となっていたかもしれない。あるいは宮廷で宰相となり、この国を導く存在に。性格上、有り得ない未来だが、可能性を感じさせるのは確かだった。改めて白蓮を見ると彼は不敵に微笑んだ。

香蘭は東宮御所に戻ると東宮に伝え、協力を願う。秘策を聞いた東宮は白蓮と同じ表情をする。不敵で大胆な笑顔だ。

「さすがは白蓮だな。その知謀は万の大軍に勝る」

最大限の賛辞を送ると、件の貴妃三人を集めてくれた。

東宮の小宴に集まった三人の貴妃。彼女たちはそれぞれに用意された酒杯に口を付けている。自分たちが計られているとも知らずに精一杯着飾っている。その美しさは特筆に値するが、この中に毒蛇が混じっているかと思うとぞっとしない。さりげなく貴妃たちを観察していると、彼女たちは口々に不満を口にした。

「東宮様に呼ばれたから化粧を張り切ってきたのに、肝心の東宮様がいないのはどういうこと？」

「いるのはちんちくりんの娘がひとり」

「小宴と聞いたけど私たち以外、誰もいないじゃない」

唯一、秦央だけは悪態をつかなかったが、それでも不快なことに変わりはないようだ。笑顔はない。香蘭はそんな彼女たちに説明する。

「東宮様はいらっしゃいません」

「なんですって？」

眉を上げるふたりの貴妃。

「私たちを馬鹿にしているの？　あなた何様よ。私たちは東宮様の貴妃よ。七品の位を賜っているのよ」

一二品の香蘭には目も眩むような高位であるが、恐れはしない。そもそも香蘭は位階にまったく興味がなかった。

「本日は皆様の中にいる毒蛇をあぶり出しにきました」

「……毒蛇？　なんのことですか？」

心穏やかな秦央は言う。

「そのままの意味です。皆様の中に帰蝶様についての流言を流すものがいます。帰蝶様が梅毒に罹った噂を宮廷内に流し、彼女を排除しようとしているものが」

三人の貴妃はそれぞれの表情をする。一番、気の強い鵬泉は言う。

「この娘、なにを言っているの？　下女の分際で私たちを疑うなんて!!」

「わたくしは下女でございますが、東宮様の信任を得ています。この小宴を提案したのもわたしです」

「………」

「つまりあなた方を試す権限を東宮様よりいただいています」

「馬鹿らしい！　帰るわ」

年嵩《としかさ》の貴妃全欄が立ち去ろうとした。香蘭はそれを止める。

「──よろしいので？　この場から真っ先に逃げ出したものが犯人であると断定せよ、と東宮様はおっしゃっていましたが」

「………」

その言葉で全欄の足は止まる。よく考えれば真っ先に逃げ出せば疑われるのはたしかであった。それくらいの計算は働くのだろう。

「……いいわ。私は無実なのだから、好きに探りなさい」

「有り難いことです」

「しかし、どのように探られるのです？　あなたは医者のようですが、我らの腹でも切り裂くおつもりですか？」

秦央は問う。

「どういう意味で？」

「腹の黒さでも確かめられるのかしら、という意味よ」

鵬泉は皮肉気味に言うが、香蘭は笑顔で首肯する。

「なるほど、その手がありましたか」

その言葉で三人の貴妃はぎょっとするが、冗談ですよ、と伝える。そのようなことをしなくても簡単に確かめられるのだ。

「どうやって？」

と尋ねる貴妃に言い放つ。淡々と表情を変えることなく。

「簡単ですよ。先ほど皆さんに配られた酒杯に梅の毒を混ぜました。帰蝶様の血液です」

その言葉を聞いて貴妃たちはぎょっとする。中でもふたりの貴妃の反応は凄まじく、酒杯を床に落とし、中身をぶちまけた。彼女たちはしばし呆然とすると、ふたつの反応に分かれた。気が強い鵬泉が意外にも泣き出す。

「梅毒の女の血などの飲めば私も梅毒になってしまうでしょう。なんてことをしてくれるの？　私の人生はもうお終《しま》いだわ」

年嵩の全欄はよろめく。

「……これで東宮のお渡りもなくなってしまうわ」

どちらも絶望色に顔を染め、香蘭に憎しみの視線を送ってくる。今にも摑み掛かってきそうな視線を送ってくる。否、摑み掛かってきた。香蘭をくびり殺すほどの勢いだったが、それを制止するものが現れる。東宮である。

「見苦しい真似はやめろ」

東宮の胆力のある声に身体が自然と止まるふたりの貴妃。

「と、東宮様」

蛇に睨まれた蛙《かえる》のようになる。しかしそれも最初だけで、すぐにふたりは香蘭の非道を訴える。

「東宮様、お聞きください。この下賤《げせん》の女は私たち貴妃に帰蝶の、梅毒女の血液を飲ませたのです。これはとんでもない暴挙。どうか罰してくださいまし」

「ほう、梅毒は血液を飲めば移るのだな」

感心するように言う。

「当たり前でございます」

「なるほど、ということはおまえたち〝ふたり〟は帰蝶が梅毒であると信じているのだな」

「後宮ではそのようにささやかれています」

「つまり噂を鵜呑みしている。さらにいえば噂を聞く側だった、ということだな」

「そうです。帰蝶などという淫売を寵愛するのはやめてください。東宮様も病に罹ってしまいます」

「それはありえない。ふたつの意味で。ひとつは私は帰蝶を愛している。どのような病に罹ろうともな」

その愛情深い言葉に嫉妬する貴妃たち。ここにいない帰蝶に呪詛《じゅそ》を送る。

「もうひとつの理由は帰蝶が梅毒ではないからだ。安心しろ、おまえたち、酒杯に血液など入れていない」

その言葉を聞いても彼女たちの怒りは収まらない。香蘭を親の敵のように見つめるが、自分たちの顔が怒りで醜く歪んでいることに気がついたのだろう。慌てて表情を作り直すと「お戯れが過ぎます」と東宮に媚《こ》びを売った。東宮は気にせず続ける。

「おまえたちは香蘭がなぜこのようなことをしたか、問いただすだろうが、これにはちゃんと理由がある」

東宮の視線が香蘭に注がれる。貴妃たちの視線も。ただ、ひとりだけ香蘭に目を向けない人物がいた。香蘭はそのものに向けて尋ねる。

「お三方の中でおひとりだけ、帰蝶様の血液を飲まされた、と聞かされても動じなかった人物がいます。わたしはその人物を探すため、このような茶番を演じたのです」

その言葉によって鵬泉と全欄の視線が、ひとりの貴妃に注がれる。秦央である。疑惑の目が彼女に向けられる。よくよく考えればおかしいのだ。梅毒患者の血液を飲んだのに平然としていられるものなどいない。もしもそのような人物がいるとしたら、女将軍になれるだろう。しかし、秦央は戦場の英傑ではなかった。ならばもうひとつ考えられる可能性がある。それを香蘭は指摘する。

「そうです。秦央妃は知っていたのです。帰蝶様が梅毒ではないと。なぜならば彼女に対する噂を宮廷内で広めていたのは自分だから」

「………」

その言葉に身体を震わせ、顔色を失う秦央。それが答えであった。なぜそのようなことを、とは鵬泉と全欄は問わなかった。ここは陰謀渦巻く宮廷。中傷めいた流言飛語を流し、相手を陥れるなど日常茶飯事あった。

このような痴態を演じ、悪行を行えば、秦央は退場せざるを得ない。いつの間にか衛兵に囲まれ、連れ出される秦央。彼女の沙汰は軽くはないだろう。ただ、法に背いたわけではないので処刑はない。貴妃の位を剝奪された上に追放、というところだろうか。哀れではあるが、同情するものはいなかった。

その後、香蘭はなぜ、心が穏やかな秦央がこのような犯行に及んだか探ったが、秦央は印象的な一言を言うだけでそれ以上は語らなかった。


「帰蝶の踊りを見る東宮様の表情があまりにも穏やかだったから――」


嫉妬、ということになるのだろうか。

香蘭から見れば秦央も十分美しく、嫉妬などする必要はないのだが、と思うのだが、白蓮には違う考えがあるようだ。診療所に戻ると白蓮は言う。

「後宮とはそういうところだ。どのように穏やかな人物をも嫉妬に狂う怪物に変えてしまう」

どこか遠い目をしているが、白蓮はかつて後宮に出入りしていたという。このような光景を厭というほど見てきたのだろうか。今回、秦央の怪しさについて真っ先に気がついたのもそういう事情があるのかもしれない。と思ったが、彼はあっさりという。

「あれだけの情報で犯人が分かるものか。おまえに言ったのははったりだ」

「…………」

「あの方法ならば、誰が犯人でもあぶり出せるだろう」

たしかにその通りなのだが、あのような奇策を成功させてしまうのは白蓮の智慧《ちえ》だった。見習いたくはないが、参考にしたくはあった。

後宮に住まう毒蛇を見つけ出した香蘭。これで帰蝶妃の心の憂いは除けたと思ったが、それは甘い考えだったようだ。三日経《た》っても五日経っても帰蝶が表に出てくることはなかった。彼女は相変わらず館に閉じこもりきりだった。東宮が自ら彼女の館に赴いてもにわかの病を理由に面会を断られた。

その状況を「せっかく助けたのに、やらせてくれないなんて可哀想《かわいそう》に」と評する白蓮。

「…………」

弟子がうら若い女性だと思い出したのか、言い方を変える。

「お渡りを拒むということは、やはり帰蝶の心は晴れていないのか」

「そのようです。内憂は取り除いたと思うのですが」

「宮廷にはびこる噂が彼女の内憂ではないのかもな。あるいは内憂のひとつでしかないとか」

「あり得そうです」

「ならばすべて取り除くしかないが、ここまで骨を折っているのに接触してこないとは薄情な女だな」

「奥ゆかしいのでしょう。なんでも帰蝶妃はとても儚い姫君だそうですから」

「それを別の世界では引き籠もりという」

白蓮はまとめると香蘭に背を向けた。診療所の患者の診療を行うのだ。今日の手伝いを済ませた香蘭は、そのまま宮廷へと戻った。


香蘭に割り振られた館の一室、その部屋の前に見慣れぬ女官がいることに気がつく。浅黒い肌をしていた。一目で西戎人と分かる。たしか帰蝶妃も西戎人だったはず……。そのような感想を抱くと、女官はにこりと話し掛けてきた。

「あなた様が香蘭様でしょうか」

「左様です。陽香蘭と申します」

「思ったよりもお若い方ですね。仙術のような医療の使い手と聞いていましたが」

「話に尾ひれが付きすぎです。それは我が師匠の白蓮のことでしょう」

「なるほど。でも、そのお弟子さんの腕前もなかなかと伺っています。東宮様の仕掛けに気がついたり、宮廷の毒蛇を探し出したり」

「それも我が師のおかげです」

「謙虚であらせられる。そして賢くも。香蘭様は私が帰蝶様の使いだと気がついておられますね」

「そう推察しておりました」

「それは正しいです」

「さらに推察すれば、あなた様は帰蝶様のもとへわたしを誘ってくれるはずですが、間違いありませんか？」

「はい、間違いありません」

浅黒い女官はそのまま香蘭を帰蝶の館へ案内した。帰蝶の館は東宮御所の端にある。皇太子の寵愛を一身に受けるものの館とは思えないほど小さかった。香蘭の実家よりも小さい。そのことを指摘すると女官は微笑む。

「最初、帰蝶様は東宮様にもっと立派な館を賜わりました。しかし性に合わないとここに移り住まれたのです」

「質素な生活がお好きなんですね」

「そうです。本当は東宮御所で一番小さな館にしたかったそうですが、それは岳配様に止められました。貴妃ともあろうものがあまりにも質素な生活をすると、配偶者である東宮様の矜持《きょうじ》が傷つくと説得されたのです」

「互いに妥協したと言うことですね」

「はい」

いいことです、とは言葉にはせず、彼女の案内を受ける。香蘭は土地や建物を扱う商人ではないのだ。香蘭は医者の卵であり、帰蝶の心の病を治すのが勤めだった。そのためには一刻も早く帰蝶と面会したかった。香蘭の逸《はや》る気持ちに女官は気がついたのだろう。彼女は帰蝶と会う前に注意点を列挙する。

「今回、帰蝶様と面会させるのは私の独断です。帰蝶様は本当は誰ともお会いになりたくない。東宮様とさえも」

「それは知っています」

「しかしこのままではいけないと思っています。帰蝶様の身体は枯れ木のように痩せ細ってしまわれた」

「そこでわたしを呼んだのですね」

「その通りです。あなたならば帰蝶様をなんとかしてくれると思いました」

「なんとかしたいという気持ちはあります。——しかし、彼女の心の澱がなんであるか調べねば、抜本的な解決はしないでしょう。それがなんであるか。教えていただけませんか？」

浅黒い女官は困ったような顔をする。どうやら彼女自身、帰蝶がなにを憂えているか分からないようだ。

「――なるほど、つまりわたしに帰蝶様と直接会ってそれを確かめてほしいというわけですね」

その質問に女官はこくりとうなずく。

「分かりました。少しの間、帰蝶様とふたりきりにしていただけますか？」

「勿論《もちろん》です。あなたを信用していますから」

女官はそう言うと香蘭の身体検査もせずに通してくれた。香蘭の抱えている鞄《かばん》には医療道具がびっちりと入っている。いわゆる劇薬と呼ばれる毒物やメスと呼ばれる刃物も入っている。それは人を救う道具だが、使い方によっては人を容易に殺せる。

そのようなものを持ったものを入れるということは信頼してくれている証だ。香蘭は他人の信頼に応える娘だった。女官の期待に応えるため、帰蝶の寝所の扉を開けると、そのまま部屋の様子を確認した。

室内は薄暗かった。心を病んでいる患者は総じて光を嫌う。彼女にもその傾向があるようだ。しかし、部屋はきちんと整頓されている。使用人が小まめに掃除しているのだろう。窓辺に花を活けているのはこまやかな配慮だった。沈んでいる主を少しでも明るくしようと思っているのだろう。

心を病んだ人間に一番必要なのは、そのように自分を気遣ってくれる人間だった。帰蝶はそのような人間を得ているわけである。あとは時間が解決してくれるだろうか？　それは分からない。彼女の心の荷の重さ次第だった。

　香蘭の視線が帰蝶その人に移る。彼女は寝台に横になり、上半身だけを起こしていた。窓辺からぼうっと景色を見ているようだ。まるで香蘭などいないかのように景色を見ていた。

　彼女の横顔は仙女のように美しい。皇帝の宝物庫にある美人画から抜け出てきたかのような美しさだった。しばし美姫の横顔に見とれていた香蘭だが、自分が医者であることを思い出す。生唾を飲むと、彼女に語り掛ける。

「――帰蝶様、帰蝶様」

　その言葉にゆっくり反応する帰蝶。時間を掛けてこちらに振り向くと、帰蝶は、

「――あなたは誰？」

　と言った。

　香蘭は自己紹介する。

「わたしは東宮様より遣わされた陽香蘭と言います。医者です」

「……可愛らしいお医者様」

「年齢も技術も未熟でございますが、精一杯、努力します」

「……それはあなたの目を見れば分かるわ。その歳で多くの人の死を看取ってきたのね」

「はい、家や診療所で多くの患者を診てきました。多くの生死を見てきました

「……ならば早くそこに戻ってまだ生のある人々の面倒を見てあげて。。私にはもう医者は不要だけど、その人たちには必要でしょう」

その言葉に香蘭の肝が冷える。いや、言葉ではなくその瞳に。彼女の目からは明らかに生気が失われていた。今まで見てきた末期の病人と一緒だ。生を諦めたものの目だった。この瞳を持った人間で助かったものを香蘭はひとりも知らない。

（……帰蝶妃は死を望んでいるのか）

戦慄が走るが、それを言葉にすることは出来なかった。香蘭は言霊を信じているのだ。もしもそのことを口にすれば帰蝶はそのまま死んでしまうような気がした。その美しい羽が千切れ落ち、果ててしまうような気がしたのだ。それほどまでに儚い存在に見えた。

「………………」

香蘭は言葉なく立ち尽くすしかないが、その状況は一変する。先ほどの浅黒い女官が部屋に入ってきたのだ。彼女は血相を変えて言う。

「帰蝶様、それに香蘭さん、大変です」

その言葉で香蘭の背に緊張が走るが、帰蝶は相変わらずぼんやりとしていた。ただ、女官の口から発せられた言葉を聞くと、身体がぴくりと震えた。

「東宮様が……、東宮様が刺客に襲われたそうです。その生死は不明で身罷《みまか》られたとい

う情報も」

香蘭の額に冷や汗が流れる。ついさっきまで話していた東宮が死んだ？　彼の人となりを知るものとして、臣民として、戦慄が走るが、香蘭は事態の確認よりも帰蝶の様子を見た。相変わらず視線の定まらぬ瞳で一点を見つめていたが、先ほどとは違った反応もあった。その瞳から一筋の涙が流れていた。そしてその唇から懺悔のような言葉が漏れ出ていた。

「……ああ、東宮様、東宮様、申し訳ありません。私のせいであなた様の尊いお命が」

その言葉に深い懺悔と愛情を感じる。香蘭は彼女が馬鹿なことを考えないように女官に注意をうながすと、そのまま東宮の館へと向かった。

東宮の館は衛兵に取り囲まれていた。誰も入れるな、と厳命が下っているようである。自分が医者であることを伝えるが、とりつく島がない。それどころか刃物を持つ香蘭は暗殺者の一派であると疑われ始めた。取り押さえられそうになるが、ちょうどそのとき、彼らの上司がやってくる。

「おまえたち、なにをやっている。そのものは東宮様の御典医ぞ」

岳配のその言葉で衛兵たちの分厚い手から解放される香蘭。内侍省東宮府長史の権威は絶大なようだ。いや、岳配自身が宮廷で一目置かれているようにも見えた。ただ、それを確認している時間もない、香蘭は東宮の安否を尋ねた。岳配老人は一瞬、表情を暗くしたが、すぐに偉丈夫らしい悠然とした態度で、

「心配ない。東宮様が刺客ごときに後れを取るわけがない」

と言った。衛兵を安心させるためであろう。その辺の配慮、機微はさすがに老練といえた。香蘭は小声で尋ねる。

「……その口ぶりですと、刺客に襲われたのは真実のようですね」

「……左様。腹を刺された。手当を頼めるか？」

「……私は医者です。人の命を救うのが仕事。しかし――」

「……しかし？」

「……宮廷には御典医が他にもたくさんいるはず。わたしごとき未熟者でいいのですか？」

「……たしかに宮廷には医者が溢れているが、信頼出来るものはごく僅かだ。東宮様が安心して腹を触らせられるのはおまえだけだ、とも」

「……有り難いお言葉です」

そう言うや否や香蘭は手術道具を確認する。清潔な衣服に口布、それにメスに縫合道具である。黙々と確認すると女官に視線を向ける。香蘭の毅然とした態度に女官たちは無言で従う。なかには先日、香蘭を馬鹿にした女官もいた。意地の悪い娘たちだが、東

宮を敬愛しているようだ。その中のひとりが香蘭の手を取ると、涙ながらに東宮様を救ってくれと願った。

言われるまでもない、とは言葉にしない。「分かっています」そう短く返すと、香蘭は女官に熱いお湯を用意させ、衛兵を下がらせた。手術は見世物ではないからだ。衛生的にも部外者は立ち入らせたくなかった。

香蘭は岳配とふたり東宮の館に入ると、豪華な寝所で豪胆に腰掛ける東宮に話し掛ける。その姿はまるで戦場の将のように見えた。彼は腹から止めどなく血を流しているにもかかわらず、平然としていた。冷や汗ひとつかいていない。いわく、腹黒い自分ならば血も黒いか確認したかったそうだ。意外にも血が赤くて残念だとうそぶく。

「それは残念でした。しかし、皇帝も人臣も血は赤いもの。白蓮殿いわく、〝赤血球《せっけっきゅう》〟と呼ばれるものが関係しているようです」

「なるほど、後学のために覚えておきたいところだが、治りそうか？」

香蘭は即答を控える。予断でものごとを語りたくない。傷口を見なければ分からないのだ。なので恐れ多くも東宮様のお召し物を切り裂き、傷口を見た。そこにあったのは刀によってぱっくりと開いた傷口だった。刺し傷ではなく、切り傷である。東宮は最初の一撃である突きをかわしたが、二撃目である袈裟《けさ》斬りをかわせなかったようだ。その知見を伝えると東宮の眉は上がる。

「見事なものだな。傷を見ただけでそこまで。まるで現場にいたかのようだ」

「人は嘘をつきますが、傷は嘘をつきません。――これは師である白蓮殿に習った言葉です」

「なるほどな、さすがは白蓮。そしてその弟子よ」

「東宮様のご胆力もさすがです。常人ならば倒れていることでしょう。痛くはないのですか？」

「中原国の東宮がこのような傷でわめき始めたら、四方の蛮国は喜び勇むだろう。それは癪だ」

「さすがは一国の皇太子です」

「――で、私は助かるのかね？」

「――助かります。いえ、助けて見せます」

「心強い。私にはまだやることがたくさんある。この国を改革したいのだ」

「微力ながらお手伝いしますが、傷口を消毒してもよろしいでしょうか？」

「よかろう」

御免、と香蘭は白蓮診療所秘伝の消毒薬を塗る。純度の高い酒をさらに精製したものだ。この国の医師が使う老酒《ラオチユウ》まがいの消毒液とはひと味もふた味も違う。その効果はてきめんであるが、その代わり痛みもひとしおであった。傷口に〝アルコール〟を塗られた東宮はさすがに顔をしかめる。

「……堪えてください。消毒せねば化膿《かのう》して死にます」

「……分かっている。しかし、一国の東宮にこのような痛みを与えて平然としているおまえはさすがだな。激情家の東宮ならばその場で手打ちにされるぞ」

「幸いこの国の東宮様は思慮深いのです。寵姫のことを心から信頼し、民を慈しんでおられます」

「そうありたいものだ」

「それに天運もお持ちだ。重要な臓器はすべて避けられています。これならばすぐ治るでしょう」

互いに軽口を言えるような状況であった。それくらい信頼が醸成されたということだが、香蘭はこの機に乗じて確信に触れた。

「東宮様、お聞きしたいことが……」

「貴妃になりたいのならいつでも申せ。おまえのような賢い女は善い子供を産んでくれそうだ」

「お戯れを」

「冗談ではないのだがな」

「わたしが聞きたいのは帰蝶様のことです」

「なるほど、そのことか。ならば答えは否だ」

「まだなにも言っていません」

「言わなくても分かる。おまえは今回の刺客と帰蝶を結びつけたのだろう」

「……ご存じでしたか」

　香蘭は別れ際に発した帰蝶妃の言葉を反芻する。

「……ああ、東宮様、東宮様、申し訳ありません。私のせいであなた様の尊いお命が」

　たしかに彼女はこう漏らした。最初、意味が分からなかったが、東宮の様子を見て気がついた。東宮を襲った刺客の正体を帰蝶は知っているのだ。そうでなければ帰蝶が〝私のせい〟などと言うわけがなかった。

「……帰蝶様が伏せっているのは、あなた様の暗殺に関わっているからですね。そしてあなた様はそれに感づいていた。だから白蓮殿を呼ぼうとされた。違いますか？」

「さてね」

　そうとぼけると、東宮はそのまま眉ひとつ動かすことなく、治療を受ける。自分を暗殺しようとしたもののことなど、おくびにも出さずに激痛に耐えていた。これはなにを問いただしても無駄だろう、そう思った香蘭は東宮の傷の縫合に専念すると腹を縫い終える。すべての処置を終えるとそのまま東宮を寝所に寝かしつけ、安静を命じた。

「白蓮もだが、おまえたち一門は平然と東宮に命令をするのだな」

笑みを漏らす東宮に背を向け、後背に控えていた岳配を呼ぶ。東宮の治療が終わったこと、命に別状がないことを伝え、核心に触れる。

「岳配様ならば帰蝶様の事情をご存じですよね。彼女の真の事情、聞かせてもらえませぬか？」岳配は白い髭を縦に揺らし、思案した。やがて別室に行くと、帰蝶について語り出した。


「帰蝶妃が東宮暗殺に関わっている、という情報は前々からあった」

岳配は開口一番に言う。

「帰蝶妃はそもそも東宮が奴婢市場で手に入れてきた奴婢。身分卑しいもの。必ず東宮様に仇《あだ》なす存在になると後宮で噂されていた」

「それが噂ではなく、真実であった、と？」

「残念ながらな。お前も帰蝶妃と会って気がついたのだろう」

「……彼女は自分のせいで東宮様の命が、と言っていました」

「それが答えだろう。少なくとも彼女は東宮様暗殺計画のなにかを知っている。なにかを担っている」

「……………」

「香蘭、わしはな。帰蝶妃が好きだ。飾らない木訥《ぼくとつ》な性格、優しい心根。それは貴族出身の貴妃にはないものだ。彼女が宴で歌を披露すると、心まで浄化されるような気分になる」

しかし、と岳配は続ける。

「彼女が東宮様の障害となるのならば、彼女が東宮様を危険にさらすというのであれば、わしは内侍省東宮府長史としての責務を果たさなければいけない」

岳配は武人の顔立ちになる。否、武人となる。岳配は若き頃、将軍として名を馳せ、多くの敵兵を切り捨ててきた。その気迫はいささかも衰えていなかった。

だが香蘭は岳配の覚悟に同調しない。

「一方聞いて沙汰するな」

というのは白蓮から習った教えだった。片方の主張飲みを聞いて物事を決めるな、ということだった。まだ帰蝶が暗殺に関わっているという明確な証拠はない。それに仮に彼女が関わっていても望んで関わっているとは思えなかった。

僅かな対面であったが、香蘭も彼女の人となりを知ってしまった。とても優しげで涼やかな人物に見えた。最後に見せた東宮を心配する表情、それにその言葉は嘘ではないような気がした。きっとやむにやまれぬ事情があるに違いない。そう察した香蘭は帰蝶のもとへ赴くことにした。

穴熊のように籠もり、人を寄せつけない帰蝶であったが、香蘭の再びの訪問を受け入れてくれた。

香蘭は開口一番に東宮暗殺について切り出した。

「私が大臣の走狗《そうく》となり、暗殺者の手引きをしました。どうか私を手討ちにしてください」

凜とした瞳で帰蝶は言い放つ。そこに保身や我が身可愛さは微塵もない。ただただ、虚心に自分の罪を披瀝《ひれき》していった。

「私の父はこの国に根を張る暗部です。代々、暗殺を生業《なりわい》とし、権力者に仕えてきた暗殺者の一族の長。私はその娘で東宮御所に暗殺者を手引きするために潜り込んだのです」

有り得ない――、そう切り捨てられる話ではなかった。政治とは暗殺の歴史である。古来より政敵を取り除くため、暗殺という手法は何度も用いられてきた。それを生業とする一族がいてもおかしくはない。

「軽蔑しますか？」

「まさか、他人を軽蔑出来るほど偉くはない。ただ、医者としてもですが、人としてそのような存在は許せません」

「それでいいのです」

にこりと笑うと、彼女は自分の生い立ちを語る。彼女は暗殺を生業とする里の娘として生まれたのだという。本当の父親は幼い頃になくなったらしい。以後、里の長である今の父親が引き取ってくれたという。

「養父は私を実の娘のように育ててくれました。女の身ゆえ、武術は習いませんでしたが、それでも里の役に立てるようにと、暗殺術の手ほどきをしてくれました」

帰蝶は淡々と続ける。

「相手を虜《とりこ》にする房中術、権力者に好かれる話術、それに密偵を忍ばせる方法」

「それらを駆使し、東宮様と出逢ったのですね」

「はい。私は奴婢市場で東宮様を待ち構えました。東宮様が御所から抜け出し、市井を廻《まわ》っている噂は知っていましたので。それにとても慈悲深いお方だということも。だから奴婢に身をやつし、騒動を起こせば目を掛けてくださるという確信がありました」

岳配から聞いたとおりだった。帰蝶は東宮が奴婢市場で見つけてきた奴婢だという。奴婢商人が酷い扱いをしていたので悶着を起こし、買い取ったのだという。それは偶然ではなく、帰蝶が張り巡らした必然であったようだ。帰蝶は蜘蛛《くも》に捕食されそうだった蝶々ではなく、蜘蛛そのものだったわけである。

「あなたは、蜘蛛として宮廷に潜り込んだのですね」

「そうなります。浅ましい女でございましょう。私には東宮様の寵愛を受ける資格などないのです」

「それは東宮様が決めることにございます」

「この真実、香蘭様の口からお伝え願えませんか？」

帰蝶の愁眉が痛ましい。そこには東宮を思う切ない気持ちと懺悔が満ちあふれていた。

「それは出来かねます。なぜならばあなたはたしかに蜘蛛でしたが、東宮様と暮らす内に蝶々となったのではありませんか？」

「私は暗殺者の手引きをしたのですよ」

「ですがそのことを悔いて、泣いていたではありませんか。ずっと館に引き籠もり、後悔していた」

「……あれは演技でございます。あなたも知っているでしょう。女は寝所で演技が出来る生き物。ましてや私は幼き頃より里で房中術を習っています。いかようにも嘘はつける」

「幼き頃より手ほどきを受けてきたのですね」

「左様です。女の武器を使うように習いました」

「なるほど、ではあなたは東宮様のことは愛していないのですか」

「はい、東宮御所に入るための演技にございます」

「一片の愛情もないと」

「はい」

「では、これも演技ですか？」

香蘭は素早く帰蝶の左手を摑んだ。彼女は俊敏ではないし、力もか弱いので簡単に抑えることが出来る。改めて帰蝶のか細さを感じたが、それよりも注目すべきは彼女の左手の傷であった。そこには刃物で切った痕があった。手首を切り、自殺を図った痕だ。躊躇い傷を本人に見せつける。

「この傷は新しいものばかりだ。つまり帰蝶様は最近、何度も死のうとした。それは東宮様を思ってのことでしょう。あなたの心は揺れ動いていたのでしょうね。父親に命令によって東宮御所に潜入したはいいが、標的である東宮様を愛するようになってしまった。父の命令に従えば愛する人を失う。ならばいっそ——、そんなふうに思いながら付けた傷ですね」

「……………」

沈黙によって答える帰蝶。痛々しいまでの心情が伝わってくる。彼女は自己弁護することなく、自分の素直な気持ちを吐露する。

「……私は東宮様を愛しております。しかし彼の寵愛を受ける資格はありません。心も身体も穢《けが》れております」

「東宮様は気にされないでしょう」

「かもしれません。……いえ、あのお方は気にされないでしょう。器の大きなお方ですから」

「ならばその器の中に進んで入ればいい。きっと幸せになれる。あなたを優しく包み込んでくれるはず」

「……おそらくは。――いいえ、疑いようもなくその通りでしょう。しかし私は東宮様の貴妃であると同時に、暗殺者の娘なのです。ここまで育ててくれた養父も里のものも裏切れません」

帰蝶はそう言うと、宝玉のような瞳に涙を溜める。香蘭を、彼女の瞳をじっくりと見つめ、こう言った。

「東宮様に貴妃に取り立てられ、七品の位をいただきました。身分卑しい私にそのような位をくださるなど、あのように寵愛してくださるなど有り得ないことです。その恩の重さは須弥山《しゅみせん》の大岩よりも重く、その恩の深さは海の底よりも深いでしょう。しかしそれは養父上《ちちうえ》も同じ。父を亡くした私を引き取り、実の娘のように育ててくれた養父も見捨てることは出来ません」

帰蝶の両目から止めどなく涙が溢れる。

「東宮様への愛に報いようとすれば養父上への不義理となります。養父上への恩に報いようとすれば東宮様への不忠となります」

帰蝶はすがるように香蘭に寄り添うと、

「なにとぞ、この帰蝶を死刑にしてくださいまし」

と泣いた。

なんと悲しきことだろう。

なんと痛ましきことだろう。

帰蝶から流れる涙のなんと熱きことか。

彼女から流れる涙のなんと尊いことか。

自分を取り立て、愛してくれた男、自分を育て、慈しんでくれた父への思いが溢れていた。その溢れる思いと涙は恋を知らない香蘭にも十分に伝わった。香蘭は心を震わせると、彼女の矛盾に満ちた愛情に報いることを誓った。


帰蝶を救うことを誓った香蘭。しかし自分の手足が短く、か細きことに気がつく。自分のような若輩にはなにもすることが出来ない。

そのことを自覚していた香蘭は迷うことなく、師を頼った。白蓮は香蘭に足りないものをすべて持ち、香蘭の出来ないことが出来る男。香蘭は診療所に戻ると、なんの躊《ちゆう》躇《ちょ》もなく、帰蝶を救ってくれるように頭を下げた。香蘭は自尊心の高い娘であるが、下げるべきときに下げる頭を持っているのだ。

また自分以外の誰かのために実力以上の力を出せる娘であった。白蓮としては暑苦しいことこの上ない娘であったが、その真摯な態度は嫌いではなかった。白蓮の若かりし頃、まだ医術によって世界を変えられると信じていた頃の自分に似ていると思ったからだ。ゆえに白蓮は香蘭を弟子にし、彼女が持ち込む厄介ごとを引き受けるのだろう。軽く自己分析をすると、白蓮は言った。

「帰蝶を救うことにやぶさかではない。帰蝶は俺の自称友人の劉淵の寵姫だ。つまり友人の嫁のようなものだ」

しかしと彼は続ける。

「俺ならば彼女の命を救ってやることは出来る。心の澱を取り除くことも。しかし彼女の幸せと劉淵の幸せが必ずしも合致するとは限らないぞ」

どういう意味でしょうか？　とは返答しなかった。なんとなく、意味を察したからだ。それに結果的に帰蝶と東宮が救われるのならばそれでよかった。このふたりが幸せになるのであればそれ以上のことを望むつもりはなかった。

香蘭はゆっくりと首を縦に振る。その瞳にはたしかな信念と揺るぎない正義が宿っていた。白蓮はその瞳を見て「若いな……」と漏らすと、若い弟子に言い放った。

「分かった。この神医白蓮が美しき蝶の羽を再び開かせてやろう」

しかし、と白蓮は続ける。

「帰蝶と劉淵を救うということは、劉淵暗殺を企《たくら》んだ大臣と帰蝶の父親を罰すると言うことだ。おまえは帰蝶の父親を殺す覚悟があるか？」

「…………」

即答は出来なかった。大臣はともかく、帰蝶の父親を罰すると容易に賛成することは出来ない。帰蝶の父親を殺せば彼女は一生、悲しみに暮れて生活することになろう。香蘭はしばし考えあぐねると瞳を閉じる。

「……それもやむを得ないでしょう。帰蝶様の父上は罪を犯した。それを償うべきです」

「分かっているじゃないか。情にほだされていたら国は回らない。法に背いたものは罰せられるべきなのだ」

「…………その通りでしょう。しかし白蓮殿、帰蝶様の心の澱は必ず取り除いてください」

「委細は任せろ。少なくともおまえに恨まれるような結末は用意しない」

白蓮はそう言い張ると、香蘭の覚悟を試す。

「俺がすべて上手くまとめるが、それにはおまえの協力が不可欠だ。おまえは帰蝶を救うためになにが出来る？」

「どのような艱難辛苦《かんなんしんく》にも耐えます」

「今の言葉忘れるなよ。ならばおまえには粉骨砕身尽くしてもらうぞ」

「はい」

淀《よど》みなく即答するが数刻後に後悔することになる。


「わたしは踊り子ではない」

というのが香蘭の主張だった。

「同じ台詞をそこの辻《つじ》の老婦人が言っていたよ」

というのが白蓮の返答だった。

「そのうち慣れるさ。なあに医者も踊り子も似たようなもの。他人の前で踊るか、神の手のひらで踊るかの違いだ」

白蓮はおかしげに言う。どうやら舞妓《まいこ》用の衣装を着ている香蘭がおかしくて仕方ないようだ。おまえはまだしも白衣のほうが似合っているな、と続ける。異論はないので肯定して、華美な衣服を脱ごうとする。

「おっと待て、おまえはその服を脱ぎ捨てるつもりか」

「左様です」

「先ほどなんでもすると言ったではないか。舌の根も乾かないうちにこれか」

「たしかにそう言いました。この命を帰蝶様のために懸けるとも。しかし悪魔《あなた》に魂を売るとは言っていない」

「ふむ。悪魔のほうが優しいかもしれんぞ」

不敵に断言すると、それを証明するかのように言う。

「これは強制だ」

「わたしには自由がある」

「使命もな。意味もなく俺がお前をからかうと思うか？　この衣装を着せるのは俺の策のうちだ」

「と申しますと？」

「近く東宮主催の宴があることは知っているな」

聞いたことがある。宮女の間で噂になっていたものだ。皇帝陛下や皇族たちが出席され、それぞれの寵姫が歌や舞を披露する宴だ。李志温などは是非とも参加したいと言っていた。

「華やかな舞台と聞いています」

「当然、東宮も出席するのだが、東宮暗殺を企む大臣も出席する」

「……なるほど」

白蓮の思惑を察した香蘭は軽くうなずく。

「その場で大臣の悪行を衆目に晒すのですね」

「分かっているではないか、弟子よ。さすがは聡明《そうめい》だ」

「そこまでは分かりますが、わたしがこのような格好をする意味が分かりません」

「無意味に着せ替えをしているわけではないさ。東宮が宴に出そうとしていたのは帰蝶だろう」

「はい」

「しかしその帰蝶は体調的に出席不可能だ。ましてや舞や歌を披露するなどとても」

「その通りです。不可能ですし、主治医としてそのような真似はさせられません」

「そうだ。そこでその主治医が名代を務めるのは当然だろう」

「…………」

なせそうなるのか疑問であったが、誰かが宴に参加し、大臣を焚《た》きつけなければいけないのはたしかだ。香蘭は深く溜め息を漏らすと観念した。

「……ここは素直に従いますが、わたしは歌も踊りも苦手ですよ。宴に参加どころかつまみ出されること必定です」

「帰蝶のように舞えとは言わないさ」

白蓮はそう言い切ると、先ほど口の端に乗せた老婦人を連れてくる。貧民街で古着屋を営む男の妻と紹介された。年老いて家業を息子夫婦に譲ってから暇が出来たらしい。その余暇を使って舞を習い始めたのだという。五〇の手習いで覚えた舞であるが、存外、才能があったらしく、今では近所の娘たちに指導するまでになっていた。

さっそく師事するが、なかなかに教え方が上手かった。香蘭はこれも人助けのため、と朝から晩まで踊りを習う。その姿を見て「ほう……」と嘆息する白蓮。香蘭の舞を茶化そうと稽古場に訪れた彼であるが、毒舌を発することはなかった。舞を習う香蘭をこう評す。

「人間、誰にも取り柄はあるものだ」

それは白蓮にとって最大級の賛辞だった。

踊りの稽古を続ける香蘭にある日、白蓮は尋ねてくる。

「そういえばおまえは帰蝶妃の腕にある躊躇い傷を見たと言っていたな」

「むごたらしい傷でした」

「なるほどな。しかし、見たのはそれだけか。他になにか気がついたことはないか?」

「他にですか?」

あの夜のことを思い出す。手首の傷が鮮明に浮かぶが、もうひとつ記憶を刺激するものが浮かんだ。

「そういえば彼女の指の形は変でした。小指がとても短い」

その情報を聞いた途端、白蓮の柳眉がつり上がる。

「その情報、本当か？」

「はい、記憶力には自信があります」

「ならばその情報は有益だ。それは短指症という」

「短指症ですか。どんな病気なのですか？」

「病気じゃないさ。遺伝的特徴だ」

白蓮は断言すると「なかなかの観察眼だ」と香蘭の頭を撫でた。子供ではないので嬉しくはないが、帰蝶を救う手立てになりそうだと聞いて嬉しくなった。

†

踊りの稽古と診療所での治療に明け暮れる香蘭。時々、東宮づきの宮廷医見習いであることを忘れそうになるが、気にせず踊りの稽古と医療に集中する。

ただ香蘭は心の中で常に帰蝶のことを考えていた。彼女は香蘭が正式に持った初めての患者である。なるべく早く心穏やかにさせてやりたいという気持ちがあった。白蓮ならばそれが可能だと思われた。彼の策に従えばなんとかなると思っていたが、ひとつだけ心配がある。それは白蓮に託された最後の詰めだった。白蓮はなんの躊躇もなく言う。

「俺に従えば少なくとも帰蝶は死にたいなどと抜かさなくなるだろう。しかしそれには彼女に重大な決意をしてもらわなければならない」

その重大な決意とは、父親ではなく、劉淵に付いてくれ、と決意させることだった。つまり宴の席で養父の悪事を暴いてくれ、と説得せねばならないのだ。義理堅い帰蝶にその決意をさせるのは不可能なことのように思われたが、やるしかない。

香蘭は帯を強くしめ覚悟を固めると、そのまま〝東宮様〟のところへ向かった。帰蝶ではなく、東宮のところへ向かったのは、決断が必要なのは帰蝶だけではないと思ったのだ。養父を裏切る決意をするのも尋常ではないが、愛した娘の養父を殺す決断をするのもまた容易ではないのだ。

東宮の心を案じた香蘭は東宮の館まで行くが、彼はひとり二胡《にこ》を弾いていた。風流な音楽だった。おそらく西方の音楽、西戎人の曲だと思われた。その美しい旋律を立ち止まって聴いていると、東宮のほうから声を掛けてきた。

「立ち聴きなど無粋な」

近くに来て聴け、ということだろう。香蘭は東宮の側に近寄る。静かに近寄ると東宮はなにごともなかったかのように演奏を続ける。しばし聞き入っていると東宮は唐突に言った。

「――これは帰蝶と初めて会ったとき、彼女が弾いていた曲だ。美しい曲だろう？」

「――遙《はる》か遠《とお》く、西方の草原がまぶたの内に浮かびます」

「彼女は西方の民だ。何百年も前に一族ごと中原国に移住してきたらしい」

「この曲を聴くと西方に行ってみたくなります」

「私もだ」

東宮は同意するとしばらく沈黙する。香蘭もそれにならっていると東宮は言った。

「宴の席で大臣の罪を明らかにするということは、帰蝶の父を殺すということだ」

「東宮暗殺は死罪と国法で決まっています」

「未来の皇帝である私が国法をねじ曲げるのはよくない」

「……はい」

「だから私は自ら帰蝶の父に死を言い渡す」

「立派なお覚悟です」

「おそらく、彼女は私を憎むことになるだろう。今度こそ俺を殺したくなるかもしれん」

「…………」

「しかしやらなければならない。なぜならば俺はこの国の東宮だからだ。いつか皇帝になり、腐りきったこの国を改革せねばならぬのだ」

「…………」

香蘭は白蓮から聞かされた帰蝶に関するとある話をしようか迷っていた。その話を聞けば東宮の心はわずかなりとも癒やされるかと思ったのだ。ただ、なかなか言い出す時宜を得られずにいると、東宮のほうから話し掛けてきた。

「おまえのような闊達な娘が言いよどむなど、よほど言いにくいことなのか」

「……いえ、その、あの――」

東宮は香蘭の心を見透かすように言う。

「おまえが言いたいのは帰蝶の養父のことだろう。彼の本当の顔について知ってしまったのだろう」

「…………!!」

香蘭は驚きの表情をする。それは白蓮が仕入れてきたばかりの情報だったからだ。

「東宮を舐《な》めるな。一介の町医者よりは情報に通じている」

「ならばその情報を帰蝶に知らせるべきでしょう。さすればきっと自分の養父が救う価値もない人間だと分かるはず」

「そうだな。帰蝶の養父は実は彼女の実父を殺した。帰蝶の母に横恋慕をし、彼女を奪うためにその夫を殺したのだ、と知れば父を売る罪悪感からは救われることだろう」

「そうです。それが彼女のため。――東宮様が言いにくいのであればわたしが」

その提案にゆっくりと首を横に振る東宮。

「いや、やめてくれ」

「どうしてですか？　このままではあなたは帰蝶様の敵となってしまう」

「それでいい。私は彼女の憎しみを一身に受ける覚悟をしている」

「そのようなお覚悟はいりません」

「帰蝶が養父の過去を知れば悲しむだろう。自分の過去に思い悩むようになるだろう。養父を恨むようになるだろう。しかし、そのとき養父はこの世界にはいない。なぜならば死刑になっているからだ。彼女は復讐《ふくしゅう》心も自己憐憫《れんびん》の感情も持て余すはずだ」

一方、と彼は続ける。

「敬愛する養父の敵が私であれば、彼女は私を恨み続けるだけで済む。養父の過去も、自分の生い立ちも知らず、ただただ俺を憎み続ければいいのだ。その後の人生、どちらが帰蝶のためになるか、論じるまでもない」

「……東宮様」

「香蘭、俺はこの国の行く末を案じているが、同時に帰蝶の幸せも考えている。だからこの選択肢が一番なのだ」

香蘭は心を痛める。帰蝶は愛する東宮と養父を天秤《てんびん》に掛けた。東宮は愛する帰蝶と国政を天秤に掛けた。どちらも掛け替えのないものを天秤に掛け、どちらかを選択しなければいけない状況に自分を追い込んでいるのだ。

なんと悲しい定めだろうか、香蘭は彼らのために嘆いた。

空を見上げる。

満天の星空だった。

そこに一筋の星が流れる。流れ星だ。

流れ星は瑞兆《ずいちょう》とされることが多かったが、香蘭にはその流れ星がとても不吉なものに思えた。まるで天が東宮とその貴妃のために泣いているかのように見えた。


東宮の覚悟を聴いた香蘭は翌日、帰蝶の館を訪ねた。彼女は快く香蘭を引き入れ、お茶を用意してくれた。そして香蘭のあり得ない提案を静かに聞いてくれた。

「宴の席で大臣の悪事を暴いてください」

極論にして暴論を開口一番に言う。その言葉を聞いてなお、怯《ひる》みも怒りもしない帰蝶は大人物かもしれない。それどころか悲しげに「……分かりました」と同意する。いきなり同意してくれるとは思っていなかった香蘭は驚く。

「わたしはあなたの養父を殺してくれと言っているのですよ？　娘のあなたに養父を裏切れと言っているのですよ？」

彼女の真意を尋ねずにはいられなかった。

「……養父は私の大恩人ですが、それは東宮様も同じ。どちらも掛け替えのないもの。ならば自分の感情ではなく、法にすべて委ねるのが正しい選択だと思っています」

彼女はそう言って、儚げな笑顔を見せた。

「香蘭さん、私は今回の暗殺事件をすべて白日のもとに晒します。そして〝責任〟を取ります。どうかご協力ください」

香蘭の手を取る帰蝶。その手は思いのほか力強かった。彼女の言葉、決意を感じた香蘭は深く頭を下げ、宴の日の細かい段取りを伝える。帰蝶はにこりとうなずくと、香蘭を見送る。

――帰蝶はひとりになると引き出しの奥にしまっていた薬を取る。香蘭に処方してもらったものではなく、町医者に処方してもらったものだ。

そのものは藪医者として知られていたが、ひとつだけ得意な分野があった。それは〝毒薬〟を手に入れることだった。もう助かる見込みがない患者に毒薬を飲ませ、その命を絶つことを生業としていた。

帰蝶は侍女に毒薬を買わせると、後生大事にそれをしまいこの日に備えていたのだ。

ただ、それを飲む前に筆を執る。養父が死ぬ様をこの目で見ることは出来ないが、東宮が死ぬ様も見たくはなかった。今回のことにすべて決着を付け、二度と東宮がその命を狙われることがないように取り計らっておきたかった。

今回の暗殺の顚末、養父の罪をすべて手紙に暴露する。その他証拠も揃《そろ》えると、帰蝶は侍女に白湯を用意させ、毒薬を口元にやる。これを飲み干せば、死ぬことが出来る。町医者は悶え苦しみながら死ぬと言っていた。本来ならば勧められる毒薬ではないそうだが、自分のような罪深い女が飲むには相応しい毒薬であるような気がした。

「父が斬首されるのも、東宮様が傷つくところを見ないで済む方法も、これしかない」

帰蝶は筆を置き、毒薬に口を付けようとしたがそれは出来なかった。

何者かが帰蝶の手首を押さえたからだ。

最初、東宮様がやってきたのかと思ったが、それは違った。雰囲気こそ東宮に似ていたが、まったくの別人だった。男子が立ち入ることが許されないこの場所にいるこの青年は誰なのだろうか。——宦官ではないようだが。彼は帰蝶の手を放すと言った。

「毒薬など飲むな。特に藪の用意した毒薬などは」

「死なせてくださいまし。もはや死んで罪を償うしかありません」

「それは誰に対する贖罪《しょくざい》だ？　父に対するものか？　それとも劉淵に対するものか？」

「双方にございます」

「おまえの父はおまえが命を懸けて庇《かば》う価値があるのか？」

「あります。養父は恩人にございます。――身寄りのない私を大人になるまで育ててくれました」

「しかし、東宮の密偵から聞いた話では、おまえの実の父親を殺したのはおまえの養父だと聞いたが」

「………」

「沈黙すると言うことは知っていたのだな」

「………」

「おまえの養父、帰狼《きろう》はおまえの母親に一目《ひとめ》惚《ぼ》れをした。おまえの実父を殺し、おまえの母親を強引に娶った」

「……そのような噂は信じませぬ。養父は誰よりも私に優しくしてくれました」

「優しく人殺しの手伝いを教えてくれたか」

「………」

「養父に義理立てする気持ちは分かるが、お前にはもうひとり、責任を取るべき相手がいるだろう」

「……もうひとり？　東宮様ですか？」

「違う」

虚を突かれた帰蝶は白衣の男を見つめる。

「それは香蘭という名の見習い医だ。やつはお前のためにこの魑魅魍魎蠢く宮廷を走り回っている。お前のために骨身を砕いて動き回っている。なんの打算もなく、なんの見返りもなくな」

「…………」

「そのような馬鹿な娘がお前を助けようとしているのだ。黙ってひとりだけ逃げるなんてずるいではないか」

「しかし、この状況で私が命を絶つ以外に場を収める方法がありましょうか？」

「あるさ、いくらでもある。具体的な方法もな。――聞くか？」

その言葉に「はい」と、うなずく帰蝶。しかし、それでも帰蝶は浮かない顔をしている。

〝父を裏切る〟のはやはり受け入れがたいものがあるようだ。

白衣の男は悠然と〝宴〟の席の方策を話す。その方策を聞いた帰蝶は眉を上げて驚く。そのような解決方法があったとは夢にも思っていなかったのだ。白衣の男の策は最良のものに思われた。少なくとも愛する東宮の心は救われると思った。

帰蝶は白衣の男の策に従うため、彼から白い粉を受け取る。彼はその薬を宴のさなか、帰蝶がすべての罪を告白したあとに飲め、と指示する。さすればことはすべて丸く収まるという。帰蝶はゆっくりとうなずくと、気になったことを尋ねる。

「あなた様は何者なのですか？　神仙かなにかなのでしょうか」

「そんな大層なものじゃない。ただの町医者さ」

彼は最後に自分の名前を言う。

「白蓮」

と名乗った医者。その名が香蘭の師であり、東宮様の友人であると知るのは後日のことであるが、おかしなことに帰蝶は彼の言葉を疑いはしなかった。

初めて会ったこの男を奇妙なまで信頼してしまったのだ。

†

後宮で定期的に開かれる宴。その中のひとつに歌舞の宴というものがある。その名の通り、皇帝や皇族の貴妃が歌や舞を披露する場であった。要は宮廷の有力者たちが自分がどれほど佳《よ》い女を囲っているか、自慢する場だった。東宮はそのような場を下らないと思っていたが、皇帝が観覧する以上、出席を拒否することは出来なかった。

劉淵はこの国の皇太子であるが、歴史を振り返っても長男が次の皇帝になると定まっているわけではなかった。皇帝の不興を買い、東宮の位を剝奪されたものは多いのだ。劉淵はただでさえ政治的な改革を叫んでいて宮廷で浮いていた。些末なことで皇帝の不興を買って皇太子の位を剝奪されるのは堪《たま》ったものではなかった。

なので自分の貴妃の中でも最も美しく、最も歌が上手く、最も踊りが上手いものを歌舞の宴に参加させるようにしていた。半年前までは帰蝶がその役目を担っていたが、今は彼女を出席させることが出来ない。

「劉淵よ、困っているようだな」

「ああ、悪友よ、おまえは人が困っているときに現れるな。性格が悪い証拠だ」

「性格が悪いのはお互い様だ」

「たしかに。しかしその顔はなにか秘策があると見たが」

「あるさ。おまえが思いもしなかった人物に歌を披露してもらう。しかし、前半はそれが出来ない。なので前半だけなんとか急場しのぎをしたい」

「ならばそれなりに歌が得意な貴妃を呼びだそう」

岳配に手配をさせようとする劉淵だが、それを止める白蓮。

「いや、踊り手はこちらで確保してある。お前にしてほしいのはそれの承認だ」

「それは構わないが、誰なのだ？　あまりに突拍子がないものはさすがに皇帝の前には出せない」

「安心しろ。見た目はそれなり、……いや、そこそこ美しい。歌も踊りも上手だ」

「ならば構わないが」

「ちなみに姓を陽、名を香蘭という」

悪戯《いたずら》小僧のように名を明かす白蓮。その様子を見て心底呆れる劉淵だったが、練習をしている香蘭を見てその考えをあらためる。

「……これはなかなかどうして」

幼き頃より歌舞を見ていた劉淵からしても香蘭の歌舞は見事なものだった。

「人間、なにかしらの才能はあるものだな」

「同じ台詞を俺も言ったよ」

そのようなやり取りをすると香蘭の出演が決まる。東宮にいる化粧係や衣装係が腕によりを掛け、香蘭の美しさを引き立てる。その姿を楽しげに見つめる東宮と白蓮であったが、当の香蘭はというとあまり楽しくはない。綺麗に着飾ることには慣れていなかったし、これから皇帝の前で歌と踊りを披露するかと思うと気が重くなるのだ。

――それに帰蝶のこともある。

この場で大臣の悪事をばらすことは白蓮から聞いていたが、その後がどうなるか、未知数であった。帰蝶は養父の悪事を露見させることに同意してくれたが、その後が未確定だった。国法によれば暗殺を手引きしたものも死刑であるが、まさか東宮も寵姫を死刑にすることはあるまい。ただそのまま後宮に留め置くことも出来ないはず。追放は免れ得ないだろうか。そのように考えながら東宮の表情を覗くが、彼は白蓮並みに感情を面に出さない人物だった。悠然と涼やかな顔をしている。

（……心中穏やかではないはずだが）

そのように東宮の心を忖度していると歌舞の宴が始まった。

香蘭の出番はすぐにやってくる。皇帝が「皇太子の寵姫の舞が見たい」と言ったからだ。皇帝陛下は前回、帰蝶が見せた歌と踊りを大変気に入ったそうで、もう一度見たいと所望された。皇太子は謹んで頭を下げると、帰蝶がにわかの病であると伝えた。その上で帰蝶にも負けない美姫がいると申し出る。

どうやらそれは香蘭のことらしいが、あまり持ち上げないでほしかった。香蘭の歌と舞はなんとか形になっているという程度で、歌舞の名手である帰蝶と比べられるものではない。前座で他の貴妃が歌と踊りを披露していたが、彼女たちにも及ばないのだ。そのように思っていると、楽屋裏で控えていた白蓮が香蘭の肩に両手を添える。

思わずびくりとしてしまう。白蓮がこのようなことをしてきたのは初めてだったからだ。彼は勇気づけるように言う。

「いいか、香蘭。歌の上手い下手は気にするな。貴妃たちは幼き頃から歌舞の稽古をしてきたんだ。技術で勝てるわけがない」

「……当たり前です」

「しかし、歌に感情を込める様、踊りに想《おも》いを込める様はお前のほうが上だ。お前の歌舞は見ていて心が安らかになる。皇帝は歌舞の名手を見飽きている。きっとおまえの素人臭い歌と踊りを新鮮に感じて気に入るだろう」

断言する白蓮。その根拠はどこから来るのだろうか？　と尋ねると白蓮は不敵に笑った。

「今まで俺が間違っていたことが一度でもあるか？」

――なかったので素直に彼の言葉を信じると、演舞場に向かった。


演舞場の中心に行くと、観客の視線に気がつく。この国の高官、皇族、皇帝がいる。初めて見た皇帝は覇気のない老人に見えた。とても東宮の血縁には見えなかった。くぼんだ目で香蘭を凝視する皇帝。香蘭の背中に緊張が走る。一国の皇帝の前で歌と舞を披露するとは夢にも思っていなかったからだ。しかし、香蘭の特技は〝開き直り〟だった。

幸いと今の皇帝は暴君ではない。酷い踊りを披露しても欠伸《あくび》をされる程度であろう。次の舞台には立たせてもらえないだろうが、香蘭は舞妓ではない。医者だ。進んでこのような舞台に立ちたいわけではなかった。

（……ままよ）

右足をゆっくりと動かし、師が振りつけてくれた踊りを披露する。声帯を振るわせ、歌を披露する。香蘭の用意した歌はこの国に古くから伝わる恋歌だった。身分違いの恋に苦しむ貴族の男と庶民の娘の心情を歌ったものだ。貴賤の上下なく広く流布している歌だった。この場にいる貴族たちも何度も聴いたありふれた歌であるが、貴族や官僚たちはその心を震わせる。

今まで何度も聞いてきた歌。飽きるほど耳にした歌詞であるはずなのにとても新鮮に聞こえたのだ。このように心を震わせる歌い手など聞いたことがない。そんな表情をしていた。皆、余計な言葉を漏らさず歌に聴き入っていた。その様子を見て白蓮と東宮が自分たちの見る目を心の中で称賛したかは分からないが、満足げに香蘭を見つめていた。

ただ全員が全員、香蘭に魅了されているわけではなかった。東宮の政敵たちは苦々しい目で香蘭を見つめていた。言葉にこそ出さないが、

「帰蝶という厄介者が倒れてくれたのに、このような隠し球を用意しているとは」

そのように思っていることは明白であった。東宮の弟の後見人である大臣は親の敵のように香蘭を睨《にら》みつける。しかし、香蘭はそれらの視線を柳の枝のように受け流す。

（……政争などどうでもいい。わたしがすべきなのは帰蝶妃がやってくるまでの時間稼ぎ。それと〝あなた方〟を焚きつける舞を披露するだけ）

もっと歯ぎしりしてほしかった。感情を高ぶらせ、暴発してほしかった。皇帝の前で馬脚を現してほしかった。そんな思いを抱きながら歌い続けたためだろうか、香蘭の願いは叶う。豚のように肥え太った大臣が席から立ち上がって叫んだのだ。

「ええい、不愉快だ！」

　自分が用意した舞妓よりも注目を集めていることに腹を立てているのは明白だった。この会場にいるものは即座にそれを理解した。しかし彼は宮廷の有力者。皇族の支援者であるから容易にそのことを指摘出来ない。それを指摘出来るのは彼と敵対する気概のある者だけであるが、そのようなものは限られた。限られていたが、この国の将来の皇帝は勇気と正義感に満ち溢れていた。宮廷の有力者にも平然と非を指摘することが出来た。

「これは今をときめく呂豪《りょごう》殿。なにかご不満でも」

「これはこれは東宮殿下」

　尊称は忘れないが、口調には敬愛の念はなかった。

「恐れながら申し上げますが、このものはあなたの貴妃ではございませんな」

「左様ですが」

「それはいけませんな。皇帝陛下はご子息の寵姫たちの舞を見たい。未来の皇后の顔を見たいからとこの宴を開かれているのです。趣旨に反する」

　東宮が軽く皇帝の顔を見る。彼は無表情に肯定も否定もしなかった。凡庸なる皇帝というあだ名を黙認するかのように無感動にその場にたたずんでいる。

「たしかに趣旨には反するかもしれませんが、結果、皇帝陛下が喜んでくだされればいいではないですか」

「これは異なことを申される。一国の皇太子が、法を定めるべき立場のあなた様が規律を破られるというのか？」

その言葉に東宮は裂帛《れっぱく》の気迫を込めて反論する。彼はこの〝瞬間〟を待っていたのだ。

「おまえのような輩が法を語るでない!!」

腹の底から、肝を震わせながら発した言葉。会場にいるものすべての魂魄《こんぱく》を震わせる声量だった。さすがの大臣も恐れおののき、一歩後ずさるくらいであった。

ただ、凡庸なる皇帝だけが、無感動に息子を見下ろしていた。

「………」

会場のものたちはしばし言葉を失うが、大臣は表情を取り繕い反撃に出た。

「東宮様、このような席でそのような振る舞いをされるのは感心しませんな。これは余興ですぞ。皇帝陛下を喜ばせる席だ。場をわきまえられよ」

大臣は右手を挙げる。すると会場の横にいた衛兵が観客席にいた東宮を捕縛しようとする。東宮は平然としている。抵抗するそぶりも見せない。大臣は金吾兵の兵権を握っているのだ。その権力は東宮を捕らえられるほどであった。

ただ、東宮は恐れることなくその場にたたずむ。抵抗は無駄であると悟っていたし、ここで一暴れしなくても大臣を追い詰められることを知っていたのだ。だからあえてなにもしなかった。

軽く香蘭に視線をやる東宮。香蘭は彼の期待に応える。衣服の中に隠し持っていた剣を取り出す。ざわめく場内。香蘭は気にすることなく、剣舞を披露する。人々の視線が香蘭に集まる。香蘭は鮮やかな手つきで剣を振り回しながら、まっすぐ皇帝のもとへ向かう。金吾兵が東宮を抑えようとしている今、当然、香蘭を遮るものはいない。香蘭は皇帝の前で剣を振り上げると、それを振り下ろすことなく、静かに鞘《さや》に収め、それを皇帝に献上した。

「これは東宮様より陛下への貢ぎ物でございます」

「…………」

皇帝は無言でそれを受け取る。あっけにとられている周囲を無視し、香蘭は続ける。

「そこにいる呂豪は恐れ多くも陛下のご子息に弓を引こうとしています。それだけではなく、朝廷の公金を横領し、私腹を肥やしています。なにとぞ、刑罰をお考えください」

「…………」

皇帝はなにも言わずに香蘭を見つめる。射すくめるような視線だった。香蘭は平然とそれを受け止める。緊迫感が周囲を包むが、呂豪がそれを打ち破る。

「なにをしている!!　その女も押さえろ。ふたりは陛下暗殺を企むものぞ。斬り捨てろ」

香蘭は即座にそれに反論する。

「我々はそのような卑劣なことはしない。金吾兵よ。むしろ呂豪こそ朝廷に仇なす奸賊《かんぞく》。そやつを捕らえろ！」

「小娘め！　我は陛下より三品の位を賜ったもの。二代続けて三公を輩出した名族ぞ！」

「先祖の名を汚す逆臣でもあらせられますな」

「なんだと？　なにがいいたい？」

香蘭は舞台の袖を見た。そこには見知った顔、この世で最も信頼出来る老人が控えていた。内侍省東宮府長史、岳配は威厳に満ちた髭を震わせながら言った。

「その娘の言うとおり。おまえは栄誉ある朝廷の品位を穢した。皇帝陛下の名誉を傷つけたのじゃ。その悪行、万死に値する」

思わぬところからの攻撃に怯みを見せる呂豪。岳配は宮廷の中でも気骨のある人物として知られていた。不正をなによりも憎み、正義を貫くその生き様は、朝臣たちから一目置かれているのだ。そのような好漢が声を張り上げれば金吾兵たちも躊躇せざるを得ない。誰しもが動けずにいることを確認した香蘭は大臣の罪状を読み上げる。

「中原国、亜周県の人。三品官、呂豪。貴殿は朝廷の重臣でありながらその権力を悪用し、私腹を肥やした。それを咎《とが》め、政治を改革しようとした東宮殿下を逆恨みし、あまつさえ命まで奪おうとした。その悪行、地獄の閻魔《えんま》は見逃してもこの香蘭が見逃さない」

香蘭が断言すると呂豪は身体をわずかに震わせる。身に覚えがありすぎるのだろう。しかし同時に自分の権力、狡猾さも熟知しているようだ。

「はて、なんのことかな」

と白を切って見せる。そのふてぶてしいまでの演技力、大道芸人としても食べていけそうだが、群臣たちは今さら呆れることはなかった。呂豪の〝たくましさ〟は周知の事実であったからだ。

岳配もそれを知っていたから、焦ることなく香蘭に視線を送ってきた。香蘭は僅かにうなずくと、舞台袖に戻り、やってきた娘の手を取る。

絹のようになめらかな肌を持った貴妃。小麦色の肌を持った貴妃。彼女の名は帰蝶。今夜、主役になるはずだった人物だ。

彼女が舞台の中央まで歩むとざわめきに包まれる。彼女は今日、病で出席出来ないと伝えられていた。しかし見れば若干のやつれは感じさせるものの相変わらずの美しさだった。

「相変わらず美しい貴妃だ」

「西国一の蝶だ」

「褐色の肌は琥珀《こはく》を溶かしたかのようだな」

口々に漏れるが、帰蝶は彼らの期待に応えることはなかった。いや正確には彼らの期待に沿わなかっただけだが。帰蝶は皆が流麗で華やかな唄を期待する中、宴にふさわしくない陰気な唄を選んだ。その唄は太古の覇王が娘に裏切られ、敵に四方を囲まれたとき詠《うた》った唄と伝わる。

およそ皇帝の前で唄う詩ではなかったが、帰蝶は平然と唄った。たださすがは歌姫の異名を持つ帰蝶。そのような場にそぐわぬ詩を唄っても皇帝は気分を害することはなかった。それどころか帰蝶の唄に聞《き》き惚《ほ》れ、しみじみと目をつむった。彼女の歌声は清流のように心に染み渡るのだ。畏れ多くもお褒めの言葉を発せられる。

「さすがは東宮の寵姫よ。その歌声、響き渡る涼やかな鈴の音のごとし。まさに天下の歌姫」

群臣は皇帝に注目する。当代の皇帝はさしたる政治的な業績はない。軍事的にも異民族に遅れを取り、領土をかすめ取られるような男だった。次の王朝で編纂《へんさん》されるはずの史記では確実に無能と分類される皇帝であるが、ひとつだけ美点がある。

それは文化に精通しているということだった。風流にして雅《みやび》な皇帝で、書画や歌舞を心の底から愛していた。政治に関してはなにも文句を言わない皇帝として知られていたが、こと芸術にはうるさいのだ。どんなに酔いつぶれていても、演奏者が半音でも間違えれば、くるりと振り向く皇帝として知られる。またときには自ら鼓を持ち、一流の奏者と演奏もこなすという。劉王朝でも随一の風流皇帝なのだ。

そんな皇帝が拍手をするなどなかなかありえないことだった。群臣たちは最初、困惑をするが、今が皇帝に媚びを売るときであると思い出すと遅れて手を叩く。小さな拍手が無数に重なり、大きなものとなる。そうなればいくら呂豪といえども頭ごなしに叱りつけ、追い出すことは出来ない。今ならば皇帝に直訴をしても罪に問われることはないだろう。皇帝も素直に香蘭の話を聞いてくれると思われた。

（……白蓮殿はここまで読まれてわたしに歌舞を仕込んだのだろうか）

師の表情からそれを読み取ろうとするが、白蓮は不敵な表情を浮かべるだけだった。白蓮は無表情ではないが、表情から心情を読み取るのが難しいのだ。

（すべては仕込みだったかもしれないし、あるいは単にわたしが唄って踊るところを面白おかしく見たかっただけなのかも……）

どちらとも取れるのが、白蓮の奥深いところだろう。生涯、彼は詳細を語ることはなかったが。

皇帝に直訴する機会を得た香蘭。貴重な機会は無駄にしたくなかった。香蘭は皇帝のほうへ改めて振り返ると、深々と頭を下げ、臣民として最高の敬意を示した。皇帝はわずかにうなずくと軽く右手を挙げ、平伏を解く旨を伝える。そして舞と踊りの褒美を所望するように伝える。それだけ香蘭と帰蝶の歌舞に心打たれたということであるが、香蘭は遠慮なく褒美を所望した。

「朝廷に巣食う奸臣《かんしん》を誅《ちゅう》する許可をいただきたい」

「ほう、先ほども同じことを言っていたな。この宮廷にそのような虫がおるのか」

皇帝は興味なさげに自身のあごひげをさする。

「はい。陛下に仇をなす獅子《しし》身中《しんちゅう》の虫《むし》がいます」

その言葉に眉を吊り上げる呂豪。

「下女が!! なにを言うか」

怒り心頭であるが、香蘭の返しは冷静であった。

「……おや、呂豪様、わたしはその奸臣があなたであるなどとは一言も言っていませんが、もしかして心当たりがあるのですか」

その言い回しは絶妙だったのだろう。呂豪は沈黙せざるを得なかったので香蘭は続ける。

「陛下、どうかこの宮廷に巣食う奸臣をお取り除きください。彼は恐れ多くもあなた様のご子息を、東宮様を暗殺しようとしています」

「先ほども言っていたな。それはまことか?」

「まことでございます。皇太子様の腹には暗殺者の凶刃の痕がございます」

皇太子は腹を晒けだす、などという安っぽい演出はしなかったが、側近のものが事実であると認める。

「ふむ……、東宮が……」

無感動に言う皇帝。皇帝の顔と東宮の顔を交互に見つめる。そこに親子の情を感じることはない。この父子になにがあったのだろう、と問うてしまうのは香蘭がまだ子供だからだろうか。皇帝とその嫡男の関係など、古今、どれもこのような感じだろう。皇帝には多くの寵姫がおり、多くの子女がいる。子供ひとりひとりに愛情を注ぐことなど不可能であるし、その必要もない。

また東宮とは自分の後継者であるが、それと同時に〝至極の座〟を狙う敵でもあるのだ。古来、帝位を争って親子相克を繰り広げたものの数はあまたある。親子が愛し合い、慈しみ合うというのは庶民の常識であって、皇族は親子といえども心許し合うことはないのだ。

東宮はこの件についてなにも語らなかったが、その沈黙こそが皇族の在り方を示しているのだろう。深く考えざるを得ないが、今は皇帝と東宮の在り方を考察しているときではなかった。香蘭は謹んで伝える。

「……皇太子である東宮様を亡きものにしようとするのは朝廷に対する反逆、皇帝に対する冒瀆《ぼうとく》です。今回は未遂で終わりましたが、これを放置すれば増長するは必定《ひつじよう》」

「つまり今、この場で処断しなければ劉家が危うくなると」

「口の端に乗せるのも憚られることながら」

そのやりとりに怒り心頭となる呂豪、「王朝の最後を予見するなど畏れ多い」という論調で攻めてくるが、彼を黙らせるため、香蘭は横に控えていた帰蝶に視線をやる。彼女は一瞬、逡巡したかのような表情を見せるが、この期に及んで裏切る気はないようだ。決意に満ちた瞳で宣言する。

「陛下、陛下、ここにいる呂豪という男は東宮様を弑逆《しいぎゃく》しようとした奸臣でございます」

「ええい、お前まで！　この淫売め！　西戎に戻って春でも鬻《ひさ》いでおれ!!」

「呂豪様は恐れておいでですね。私の唇と舌が恐ろしいように見受けられます」

「………………」

沈黙する呂豪。事実のようだ。

「なぜならば私はあなたが宮廷に入り込ませている暗殺者の一族の娘」

「……まさか、貴様、父を裏切るつもりか？」

「一族に正道を歩ませたい。暗殺以外にも糧を得る方法はあると伝えたい」

「やめろ。おまえが口を割れば父は死刑ぞ」

「──覚悟の上」

帰蝶はそう声を張り上げると、直近、宮廷で起こった不審死を列挙する。殺されたものの官名と姓名を口にし、そのものの詳しい死因と死亡時刻を述べる。そしてそのものが誰に、どうやって、なぜ殺されたかも掘り下げる。皆、呂豪が作り上げた利権に関係するものだった。あるものは呂豪の利権を追求しようとした正義のもの、あるものはそのおこぼれを得ようとした強欲者、利権とはまったく関係ない無実のものもいる。香蘭は詳細な彼らの死の事実を述べる。それらは命のやり取りをした当事者しか知らぬ事実であった。

皇帝は訝《いぶか》しげに他の大臣に視線をやる。彼らは冷や汗をかきながら帰蝶の言葉が真実であると伝える。呂豪の目に余る行動は他の大臣からも行き過ぎに見えていたのだ。また、彼の人格を愛するものはいなかったので、誰一人庇うことはなかった。皇帝は目をつむると深く思考する。

「朕《ちん》の知らぬ間に朝廷に蜘蛛の巣が張り巡らされていたか……」

吐息とともにそう言い切ると、宰相の方に振り向き、「国法によって処断せよ」と言った。顔を真っ青に染め上げる呂豪。当然か、その言葉によって斬首が決まったのだから。

彼は哀れみを乞う。

「皇帝陛下、下賤のものどもの言葉を信じてはいけません」

「このものたちは身分賤《いや》しきものたちだが、涼やかな表情をしている。その舞は清流のごとき美しさだった」

「歌舞で一国の大臣の処分を決めるのですか」

「それも一興だろう」

「ならば慈悲を。わたくしは長らく朝廷に仕えてきました」

皇帝は冷たく突き放す。

「……慈悲？　慈悲ならば帰蝶に掛けてやるのだな。あの娘がどれほど苦しんでいるか。自分の親を売るのがどれほど辛《つら》いことか。お主には分かるまい」

その言葉に群臣たちは驚く。韻文的な皇帝であるが、そこまで人の心を付度し、思いやれるとは誰も思っていなかったのだ。皇帝の意外な一面に驚く群臣たちであったが、自分たちの役目を思い出すと、金吾兵を呼び寄せ、呂豪を捕らえさせた。

彼は最後まで帰蝶を呪詛《じゅそ》し、辱める言葉を吐いた。冷静にそれを受け止める帰蝶。どのような誹謗中傷も聞き容れる。呂豪の言葉は誇張ではあったが、嘘ではなかったからだ。帰蝶は親を売る不忠者であったし、男を籠絡する悪婦であった。

彼の罵倒を最後まで聞くのが帰蝶の勤めであったが、そうは思わないものもいる。東宮である。今まで沈黙を保っていた東宮は呂豪の前に出ると彼を思い切り殴りつけた。血《ち》と唾《ま》を撒き散らし、歯を吹き飛ばす呂豪。

呂豪はそのまま気を失うが、その姿を見ても東宮の心は晴れない。これから愛するものの父親を捕縛せねばならないからだ。自分の寵姫の父親を自分の手で殺す気持ちはどのようなものなのか。痛ましすぎて想像することさえ叶わなかったが、東宮はその辛い役目を放棄することはないようだ。

それどころか率先して指揮を取る。自分を暗殺しようとしたものすべて捕縛し、決着をつけるのだ。

東宮はその後、数週間、不眠不休で賊徒どもを捕らえた。帰蝶の父親である帰狼が育て上げ、呂豪が招き入れた毒蛇の数は十数人を超えた。宮廷の衛兵、洗濯婦、出入りの商人、果ては宮廷の前に陣取る物乞いまで暗殺者だと分かり、宮廷は騒然としたが、東宮は淡々と彼らを取り調べ、淡々と首をはねていった。

――あらゆる人物から聴取をし、証拠を積み上げた上で帰狼と面会する。彼は縄で繋がれていたが、悪びれることなく東宮の前にやってきた。

「私のような身分の人間が東宮様とお話出来るのはこのような機会だけでしょう。そのためにだけでも悪事を働いた甲斐《かい》がある」

豪胆な男であるが、快男児でもあるようだ。怯えることなく、東宮に直言した。

「俺はこのまま斬首にされるのは構わないが、娘はどうなる？」

「国法に照らし合わせれば帰蝶も死刑だ。――ただし、彼女は罪を告白し、おまえたちの情報を提供した。追放になるかもしれないが、出来れば蟄居《ちっきょ》で済ませたい」

「それは有り難い」

心の底から嬉しそうに言う。その表情には娘を責める因子は僅かばかりもなかった。

娘の裏切りによって自分は刑場に送られるというのにだ。東宮は不思議な顔をしていたのだろう。帰狼はそれに気がついたようだ。独り言のように昔語りをする。

「――帰蝶は俺の娘だ。血は繋がっていない〝はず〟だがな」

「はず？　どういう意味だ？」

「そのままの意味だ。帰蝶の母親は幼馴染と結婚をするはずだった。しかし、その幼馴染が死に俺が代わりに彼女を娶ることになった」

「帰蝶の実の父親はおまえが殺したのか？」

「そうだ」

帰狼は悪びれずに言うと、

「――そうしてもいいと思うくらいあの娘の母親を愛していた」

と締めくくった。表情からあらゆる感情が漏れ出ていたが、それを言語化する気はないようだ。以後、そのことには触れなかった。

明朝、斬首刑が執行された。帰狼は毅然とした態度で刑場に向かった。暗殺という卑劣な行為を実行する人物であったが、気骨あるもので、最後まで命乞いも弁明もしなかった。

一方、彼に命令を実行させていた呂豪は最後まで命乞いをし、処刑人を見た途端、失禁したという。

対照的なふたりは、同日同時刻に首を切られ、その生涯を閉じた。

東宮暗殺事件はこのように幕を下ろしたが、その結果は多くのものが納得がいくものであったし、彼らがしてきたことに鑑みれば当然の帰結であった。

呂豪たちの刑が定まった日、帰蝶妃が追放されることも決まった。帰蝶は呂豪たちに協力し、情報を流した罪で捕縛されたのだ。

その罪は重いが、罪よりも功のほうが多いのではないか？　一連の件を真実に導いた功績があるのではないか？　香蘭は白蓮にそう申し立てるが、彼は一般論で返答する。

「罪は罪だ。ここで帰蝶だけを許せば法の公平性が保たれない。それはこの先、宮廷を改革していこうとする東宮には致命的になるだろう」

「……納得がいきません。たしかに彼女は罪を犯しましたが、罪を償った。養父と仲間の罪を告白したのですよ。それがどれほど辛いことか」

「己の身を引き裂かれる思いだったたか、か。たしかになまじ良心がある人間こそ人を裏切るのは辛い。ましてや帰蝶のような心優しい人間ならばなおさらだ」

白蓮の声があまりにも淡々としていたので香蘭は苛《いら》ついてしまう。その語り口にはおよそ情というものを感じないのだ。その冷徹さは医療を施す上では役に立つだろうが、人の心を癒やす上では負の要素だと思った。

香蘭は白蓮に説教をしようかと思ったが、それは出来なかった。師と弟子という関係に遠慮したわけではない。ならばなにが香蘭の言葉を遮ったのかといえばそれは宮廷からの勅使だった。香蘭は今、白蓮診療所で診療をしていたのだが、午前の診療が終わったと同時にやってきた宮廷の勅使は、信じられぬ言葉を口にした。

「東宮様からのお言葉です。帰蝶が服毒自殺をした。奔走させたのにこの結果、すまない。とのことです」

勅使はそれだけ伝えると恭しく頭を下げ、白蓮診療所をあとにした。

香蘭はただ呆然と後ろ姿を見送るしかなかった。

宮廷を蝕《むしば》む悪が捕殺された。強欲な大臣は処刑され、暗殺者の一族も処罰を受けた。そして帰蝶は自ら死を選んだ。

彼女の死に責任のあるものは深く後悔した。特に東宮の落ち込みようは酷く、数日間、まともに食も取らずまた眠れてもいないようで、会うたびに顔が青くなっていった。

その顔に死相を見るほどであったが、彼は粛々と公務と政務をこなし、この国の舵取《かじと》りをしていた。仕事に熱中することで帰蝶の死を忘れようとしていることは明白であった。

　香蘭はそれを指摘するような野暮なことはせず、彼の飲む飲料に食塩と蜂蜜や薬草などを混ぜた。白蓮に作り方を教えてもらった〝滋養飲料〟である。これさえ飲んでおけば栄養失調で倒れることはない。やがて食欲も戻る、ということであったが、むしろ心配なのはおまえだと白蓮は言う。

「おまえのほうこそ碌《ろく》に飯も食べていないだろう。元々細身なのに、このままでは骨と皮だけになってしまうぞ」

　見れば香蘭の両目は深くくぼんでいた。青白くもある。しかし香蘭は自分の身体を痛めつけるかのように仕事をこなしていた。白蓮診療所で患者を診ていたのだ。そのやつれようは患者に心配されるほどで死病を患っているのではないか？　と枯れ木のような老人に心配されるほどであった。

「心配は無用です」

　そのたびに笑顔を作り答えていたが、ある日、白蓮から指導が入る。

「ええい、辛気くさい。ただでさえ毎日病人の相手をしているのに、おまえのように陰気な弟子が側にいるとこちらまで暗くなる。これは命令だ。しばらく白蓮診療所にはくるな」

「しかし東宮御所でのお役目は終わりました。あそこには患者がいません」

「ならば病人のいるところへ行け。いや、おまえの憂鬱を取り払え。おまえまで病人になってしまうぞ」

白蓮はそう言い切ると、香蘭に桃の花を見てくるように勧める。

「花見ですか？　なにを呑気な」

「呑気ではないさ。南都より少し離れた場所に美しい桃園がある。それに身体の疲れを癒やす温泉が。おまえはそこで湯治でもしてこい」

「しかし、わたしには患者が」

「これは命令だ。そこでお湯を持ち帰ってこい。俺も久しく温泉に入っていないから」

つまり自分の代わりに温泉を持ってこい、ということだろう。さらに桃の花の枝もほしいという。あなたの趣味ではないか、と言いたいところであるが、自分のことを気に掛けてくれての提案であることは分かっていたので、香蘭はその命令を受け入れる。

「分かりました。その村に二、三日行って参ります」

「四、五日いていいぞ。いや、一週間は滞在し、病人を診てこい。医者は重宝されるだろう。ちゃんと温泉にも入るんだぞ」

香蘭は師に感謝しながら村に向かった。

一週間ほど村に滞在し、村人を見て回っていると、見知った人物が現れる。内侍省東宮府長史の岳配老人が現れたのだ。

「これは岳配様。このような場所に珍しい」

「香蘭か。まさかこのような場所で巡り会うとはな」

岳配は立派なあごひげに手を添えると、「これも天の配剤かな」と発した。

「天の配剤？」

きょとんと尋ね返すと岳配は意味ありげに笑い、「細かいことは気にしないでいい」と言った。香蘭としても病人の診療で忙しかったからそれ以上は突っ込まなかったが、そんな香蘭に岳配は言う。

「おまえは湯治にきているのに熱心に患者を診るのだな。医者の鏡だ」

「あたりまえのことです。わたしが温泉に浸《つ》かっている間も誰かの病は進行する」

「しかし医者の不養生という言葉もある。たまにはゆっくりと静養するのも医者の務めぞ」

白蓮殿のような物言いを――、と言いたいところだが、白蓮と岳配が裏で手を結んでいることなどとうにお見通しだった。いくらなんでもこの広い中原国でなんの情報もなしに地方の小村で出くわすなどあり得ない。何者かが情報を流したと見るべきだろう。

香蘭は意地の悪い表情をする師匠の顔を思い浮かべるが、師と老人の配慮を無下《むげ》にするつもりもなかった。彼らは香蘭に気を遣ってくれているのだし、医者の不養生という言葉の意味もよく理解していた。患者を診るにはまずは自分の健康を第一に考えなければならない。

それにこの村の患者は一通り見て回った。幸いなことに重篤な患者はひとりもいなかった。そろそろこの村をあとにしようと思っていたところだ。一晩くらいゆっくり温泉にでも浸かりながら桃の花を見るのも悪くない。

「それに我が師は桃の花の枝を所望だったからな」

師の要望を思い出す。香蘭は周囲を見渡すと、折れた桃の枝を探す。桃の木はそこら中にあったが、綺麗に咲き誇る桃の枝を折るのは無粋だと思ったからだ。多少、見栄えが悪くても折れた枝を手に入れたかった。そのように地面を見て回っていると、香蘭の耳に旋律が入り込む。どこからともなく風流な音楽が聞こえたのだ。

「……はて、このような田舎の村に笛の音とは奇妙な」

そのように口にすると香蘭は思い出す。

「そういえば先日、村人が近く収穫祭を執り行うと言っていたな」

この音楽はそれの余興ではないか、そのように予想したが、それは正解だった。近くを通り掛かった村人が教えてくれる。

「これはこれは香蘭様。今日は休診ですかな。ならば是非、我が村の祭りに参加ください」

大したもてなしも出来ませんが、と続く。そのまま背中を押されると、村の人々が車座になっている場所に連れて行かれる。

一際たくさんの桃の木がある。桃色の花吹雪が舞っている。

なんとも美しい光景だった。桃源郷という言葉を思い出すが、それは当然のことであった。この夢のような光景と天上で流れるような音楽を同時に体験すればそのように思ってしまうのは仕方ないことだと思った。

桃園の中で踊りと歌を披露する人々。彼らが音楽の発生源である。彼らは旅の一座だった。偶然、この村に通り掛かり芸を披露してくれることになったらしい。

村人たちは都からきてくれた芸人たちを諸手《もろて》を挙げて歓迎しているようだった。子供たちは無邪気にはしゃぎ、男たちは酒に酔いながら歌を聴き、女たちは夢心地になっていた。

楽園というものがあるのならばこのような場所なのだろう、そんな表情をしていたが、香蘭が気になったのはそこではなかった。

「………………」

香蘭の視線は一点に注がれる。旅の芸人たちのひとりに視線を奪われたのだ。

「――まさか、あれは」

驚愕の表情と共にそのような言葉が漏れ出るが、それも仕方ないことだった。なぜならばそこには〝死んだ〟と思われた人物がいたからだ。先日、非業の死を遂げたはずの〝帰蝶〟が見事な歌と舞を披露していた。

煌びやかな舞子の衣装を着た帰蝶と視線が合うと、彼女はたおやかに微笑んだ。

香蘭は一歩前に出るが、それ以上、彼女に近づくことはなかった。

声を掛けることもなかった。

彼女が幸せだと分かったからだ。

彼女が新しい人生を歩もうとしていると分かったからだ。

白蓮がすべてを仕組んだことが分かったからだ。

白蓮がこの村へ行くように命令したのにはこういう訳があったのだ。

帰蝶は自殺などしておらず、実は生きており、後宮を抜け出したことを伝えたかったのだ。

香蘭の頑張りが無駄ではなかったと伝えたかったのだ。

旅の一座がここにきたのも彼の差し金かもしれない。最後に香蘭と別れの挨拶をさせたかったのだろう。香蘭は白蓮の好意を素直に受け取る。

その網膜に帰蝶の踊りを焼きつけ、その鼓膜に帰蝶の歌を刻みつける。

それらを心の奥の一番大切な場所に置くと、彼女にこう言い放つ。

「やはり蝶々は野に舞うのが自然だ」

陰謀渦巻く宮廷から解き放たれた帰蝶に祝福を送ると、香蘭は彼女の歌舞を最後まで見物した。

香蘭は一言も言葉を発せず彼女の踊りを堪能《たんのう》すると、そのまま桃園をあとにした。


南都への帰り道、岳配老人が乗ってきた馬車に同乗させてもらう。道すがら岳配に真相を聞く。

「帰蝶妃が飲んだ毒薬はいわゆる〝仮死薬〟だ」

仮死薬ということは一時的に死んだように見せ掛ける薬のことだ。おそらくは白蓮が用意したものだろう。推測を述べると老人は肯定する。

「そうだ。白蓮殿が用意した。理由は分かるか？」

「おそらくは」

と前置きした上で香蘭は想像を述べる。

「帰蝶様が死んだと思わせたほうがいい人物がいるのでしょう。その人物とは東宮様ですね」

「うむ」

と神妙にうなずく岳配。

「帰蝶妃は咎人《とがにん》だ。後宮に住まうことは出来ない。ならば死んだと装ったほうがいい、という結論になり白蓮殿に取り計らっていただいた」

先ほどの活《い》き活《い》きとした舞を思い出す。その判断は正しかったことだろう。東宮の置かれた立場は微妙だ。政治的に脆弱《ぜいじゃく》な立場にある。そんな中、罪を犯した貴妃を庇ったとあれば今後、政治活動において掣肘《せいちゅう》を加えられることは容易に想像が出来た。

岳配と白蓮はそれを考慮して帰蝶を死んだことにしたのだ。東宮がこれ以上、思い悩まずに済むようにという配慮もあるが。その知見を述べると、岳配は一際感心したように目を見開いた。

「すべてを察したか、さすがだな」

「すべてではありませんが、これだけ情報があれば察することが出来ます」

「では東宮様には秘してくれるな？」

「……もちろんです。これ以上、東宮様にご心労は掛けられない。それに帰蝶様の目を見ました。彼女は東宮様に黙っていてくれ、と言っているような気がしました」

「そうだ。これは帰蝶妃も同意してくれたこと。自分が側にいないほうがことはすべて上手く運ぶとおっしゃっていた」

「人生とはままならぬものですね」

悲しげに吐息を漏らすと、岳配も人生の先達として息を漏らした。彼のほうが長く生きている分、その吐息には色々な成分が含まれているような気がした。岳配はしばらく無言でいるが、このような質問をしてきた。

「しかし白蓮殿は策士だな」

「そうですね。すべては彼の手のひらの上です。しかし我が師ながらなんと壮大で稀有《けう》な嘘でしょうか」

「壮大な嘘？」

眉をしかめる老人。やはりこの人にもすべては語られていなかったようだ。一瞬、岳配に伝えてもいいものか迷ったが、この老人の口の堅さと誠実さは折り紙つきであった。無闇に吹聴することなど有り得ない。それに彼はこの事件の関係者である。詳細を知る権利があるような気がした。

「白蓮殿はひとつ大きな嘘を我らについた。それは帰蝶妃の養父が実は養父ではないということです」

「どういう意味だ？　帰狼の過去は密偵に調べさせたぞ。帰蝶は幼き頃に横恋慕をした帰狼によって実父を殺され、帰狼に引き取られた、という報告があるが」

「密偵とて過去に戻れるわけではない。見てきたように報告していますが、それはおそらく、帰狼殿自体が流させた流言でしょう」

「なぜ、そのような流言を？」

「これは推測になるのですが、帰蝶様の母上は帰蝶様と同じように儚い心を持っている方だったと聞きます。おそらく婚約者を失ったときに心を病んでしまったのでしょう」

「帰蝶妃を産んでから数年後に死んだと聞く。自殺だったという噂も」

「その噂が真実かは分かりません。ただ、帰狼殿は帰蝶様を愛していたのでしょう。だから今回、東宮様がやったことと同じことをしたのです」

「同じこと？」

「自分を恨ませることで生きる糧を与えていたのだと思います。つまり自分が帰蝶様の実父の仇だと信じ込ませようとしたのでしょう。自分を殺す機会を探れ、とでも言い聞かせていたのかもしれません」

「――なるほどな。豪胆な男だったからな。あり得るな」

最後まで堂々と刑場に向かう男の姿を思い出す岳配。香蘭の推察に納得したようだが、そんな岳配に香蘭は言う。

「その嘘に皆が騙されていたということです。そしておそらく帰狼殿自身も」

「どういう意味だ？」

「帰狼殿も帰蝶様が元婚約者の娘だと思っていたようですが、違うようです。実は帰狼殿の娘なのですよ」

「それは推察であろう」

「推察ではありません。わたしは確認しました。帰蝶妃の小指が短いことを」

「……？」

意味を計りかねているようだ。当然か、この国の人間は劣等遺伝、優性遺伝という言葉を知らない。香蘭自身もつい最近、白蓮に教えてもらったばかりだった。香蘭はその知識を披露する。

「帰蝶妃の小指は常人よりも短かった。あれは短指症と呼ばれる遺伝特性です。そして帰狼殿もその特徴を持っていた。つまりふたりは確実に親子です」

短指症が親から子に受け継がれる可能性は高い。まったく偶発的に子供の代で発症するよりも遙かに。つまり帰狼と帰蝶は生物学的な親子である可能性が限りなく高いのだ。

岳配は「ううむ……」と唸り納得する。

「つまり帰狼は帰蝶妃が実の娘だとは知らずに赦《ゆる》したわけか」

「帰蝶妃は逆に自分の実の父親だと分からずに帰狼殿の咎を告発したのです」

「……仮に帰蝶妃が帰狼が自分の実の父だと知っていたら行動は変わっていただろうか。東宮様に忠節を尽くしてくれただろうか」

「今となっては帰蝶様にしか分かりませんが――」

刑場に向かう帰狼の背を思い出す。自分を裏切った娘に対して恨み言ひとつ言わなかった帰狼。東宮はそんな帰狼を悲痛な表情で見つめていた。どちらも帰蝶に対する愛情から苦しんでいたことは明白であった。

そのように愛されるということはきっと幸せなのだろう。最初から愛がないよりも何倍もいいような気がした。香蘭はそのような見解を持っていたが、それを他人に同意してもらおうとは思わなかった。その心の内を読んだかのように岳配は語り掛けてくる。

「さすがは白蓮殿の一番弟子。その知謀は白蓮殿に次ぐものだ」

「そのようなことはありません」

「謙遜を。ところでおぬしは東宮つきの御典医であるが」

「見習いです」

「そうだ。見習いだ。しかし、その見習いという言葉を取る気はないか？」

「と言いますと？」

「正式な御典医となれ。特別に医者の免状もやるように手配する」

「……まだ医道科挙にも合格していないわたしに？」

香蘭は考え込む。

「どうした？　正式な医者になりたいのではないのか？」

「なりたいです」

「ならばふたつ返事で受けよ」

「…………」

そうは言うが、すぐに返答出来る問題ではなかった。香蘭はたしかに医者になりたいが、正道を歩んでなりたいという気持ちがあった。普通に医道科挙に合格したいのだ。その旨を伝えるが岳配はそれでも特例で医者になるように勧めてくる。香蘭にはその資格があるというのだ。

それは依怙贔屓《えこひいき》であるが、ずるというわけではなかった。もはや香蘭の医術の水準はこの国の多くの医者に勝る。香蘭が医者になれないのはただ女の身であるからに過ぎない。香蘭もそれは痛感していたので心が揺れ動くが、返答を保留することで誘惑に打ち勝った。岳配はいつでも待っている、との言葉で香蘭の心を揺さぶった。

内侍省東宮府長史自ら、東宮つきの御典医にと誘われた香蘭。有り難いことであるが、その数刻後にはさらに偉い人物から誘われる。東宮その人に御典医になるように勧められたのだ。畏れ多いことであるが、辞退すると東宮は怒色を見せる。

「中原国の東宮の頼みを断るのか」

それに対しては堂々と返答する。

「中原国の宮廷に入るのに正門を使わなければ父祖に申し訳が立ちません」

縁故や知遇によって医者になれば後悔する、と言っているのだ。凜として言い放ったからだろうか、それとも最初からその怒りは演技だったのだろうか。東宮は小さく溜め息を漏らすと、

「おまえたち師弟は平然と東宮の命令に逆らう。だからこそ頼りがいがあるのだが」

と言った。

それ以降、香蘭に無理強いをすることはなかった。それどころか皇太子としての度量を見せる。

「典医になれとは言わない。せめて週に一度は東宮御所にきて俺の健康を管理してくれ」

香蘭は妥協案を飲む。週に一度ならば医療の勉強も出来る。白蓮診療所で働くことも出来るからだ。それに東宮の側で宮廷を見つめるというのはなかなか貴重な体験だった。

将来、香蘭が正式な宮廷医になったときに役に立つと思った。

そのことを伝えると賢いな、と褒められる。そして下がれ、とも。

東宮は机の上に置かれた書簡に視線を移すと、政務に関心を示した。

香蘭は恭しく頭を下げ、政務所を出ていこうとするが、ひとつだけ気になることがあった。それは帰蝶のことで気落ちしていないか、ということだった。岳配の話によれば帰蝶が生きていることを東宮は知らなかった。帰蝶が知らせないようにと願っているからだ。生涯、そのことは秘密にするようにとのことだった。つまりそれは生涯、東宮が

孤独にさいなまれるということであった。

「…………」

香蘭は書簡を見つめる東宮をじっと見つめるが、彼に真実を伝えることが出来なかった。それは帰蝶を裏切る行為になる。それに東宮自身も。東宮はたしかな正義とこの国の未来のために帰蝶を手離したのだ。その覚悟を揺らがせる言葉を言うのは彼の御典医見習いとして失格なような気がした。そのように逡巡していると、東宮は香蘭に視線を向けず、口だけを動かす。

「まだなにか用か？」

「……いえ、なにも」

「そうか、てっきり私は気落ちしている私になんと声を掛けていいか迷っているように見えたが」

「ご慧眼恐れ入ります」

「医術は達者でも口はまだ白蓮の足下にも及ばないな。このような場合は適当なことでも言って私の気をそらせ。白蓮ならば悪口をけし掛け、私を挑発するだろう」

「――ならばわたしも適当なことを」

本来ならば言うべきことではなかったが、それでも香蘭の唇は開く、舌は止まらない。東宮に真実を伝えることは出来ないが、それでもこの国の片隅、この世界のどこかに愛があるのだと伝えたかった。香蘭は言葉を紡ぎ出す。

「もしも彼女が生きていれば、こう言うと思います。来世でもあなたの妻になりたいと」

香蘭はそう断言すると彼女が歌っていた舞と歌を披露する。

桃園の歌舞をそのまま再現した。

その光景を見て東宮は涙を流す。一国の東宮が泣いたのだ。暗殺者に腹を斬られたときも苦痛を見せなかった男が泣いたのだ。

後の世で中原国の烈王とあだ名される東宮の頬にひとしずくの涙が伝う。

香蘭はその姿を目に焼きつけると、彼と彼の愛するものに幸福と平穏が訪れることを願った。

香蘭が政務所を辞すると、入れ替わるように白蓮が現れる。白蓮は友が泣いていたことを知っていたが、それには触れずただ一緒に沈黙を貫いてくれた。心地よい静寂がふたりの男を包み込むと、東宮のほうから言葉を切り出した。

「良い弟子を手に入れたな」

「やらんぞ」

「週に一度は私のものだ」

「七分の六、つまり八割は俺のものだ。だがまあ皇妃にしたいなら止めはしない」

東宮は真剣に考えると首を横に降る。

「いや、やめておこう。野鳥は野にいてこそ美しい。それに彼女は正門から堂々と宮廷にくるといった。私も正門から堂々と迎え入れたい」

白蓮は意味ありげに微笑むと背を向けるが、東宮はそんな彼に礼を言う。

「――色々と骨を折ってくれてありがとう」

「なんのことだ？」とぼける白蓮。

「いろいろさ。毒薬とかその後のこと、諸々《もろもろ》すべて」

東宮は含みを持たせた口ぶりをする。彼はすべてを察していたのだ。

「……東宮も大変だな。それにやはり宮廷は魔窟だ」

白蓮はそういうと診療所に戻った。


白蓮診療所で真面目に民の治療に当たる香蘭。今、香蘭が診ているのは、香蘭が宮廷で奔走していた間に病に罹った子供だった。彼はいわゆる癌を患っていた。小児性の癌というのはとかく進行が早く、白蓮の技術でも取り除くことが出来なかった。無論、香蘭にはなにも出来ない。苦痛に悶えることにないように鎮痛剤を与えることしか出来なかった。ただ彼の手を握り、看病することしか出来なかった。

香蘭は懸命に看護した子供の死を看取る。

子供の母親は香蘭を人殺しと罵った。

香蘭が診療所の裏で泣いていると、白蓮が現れる。

「宮廷に行ってもいいのだぞ。少なくとも宮廷はここことは違う。餓死しそうな子供も、盗賊に刺された男もいない。腫れものが出来たとか、化粧の乗りが悪いとぼやく貴妃の相手をしていればいい。東宮の力になればより多くの人を救えるかもしれない」

たしかにその通りなのだが、香蘭は首を横に振る。

「わたしはここで白蓮という医師から技を学びたいと思っています。少なくともあなたの十分の一でも技倆を学ばなければ宮廷にはいけません」

「しかし、俺のもとでは仁は学べぬぞ」

香蘭は首を横に振る。

「いえ、ここには技だけでなく、仁もあります」

「ほう、どこにあるのだ？」

「ここです」

と自身の心臓に手を添える香蘭。

「……人の感情は脳に宿ると教えたはずだが」

「しかし、人を思うとき、人間はここが熱くなります。わたしもです。きっと白蓮殿も同じはず。友人である東宮を救おうとしたとき、悲しい過去を持つ貴妃を救おうとしたとき、ここが熱くなったはず。ここが打たれたはずです」

白蓮はなにも言わずに香蘭を見つめる。

香蘭はにこりと微笑み返す。

白蓮はその表情に見とれると、宮廷にいる友に向けてつぶやく。

「東宮よ、お前は美しき蝶を得た。俺は――」

その言葉は誰の耳にも届くことはなかった。

<初出>

本書は書き下ろしです。

この物語はフィクションです。実在の人物・団体等とは一切関係ありません。

メディアワークス文庫

宮《きゅう》廷《てい》医《い》の娘《むすめ》

冬《とう》馬《ま》 倫《りん》

2020年4月25日　初版発行
2024年11月25日　13版発行

発行者　山下直久
発行　株式会社KADOKAWA
〒102-8177　東京都千代田区富士見2-13-3
0570-002-301（ナビダイヤル）
装丁者　渡辺宏一（有限会社ニイナナニイゴオ）
印刷　株式会社KADOKAWA
製本　株式会社KADOKAWA

●お問い合わせ
https://www.kadokawa.co.jp/（「お問い合わせ」へお進みください）
※内容によっては、お答えできない場合があります。
※サポートは日本国内のみとさせていただきます。
※Japanese text only

※定価はカバーに表示してあります。

Printed in Japan
ISBN978-4-04-913020-1 C0193

メディアワークス文庫　https://mwbunko.com/

本書に対するご意見、ご感想をお寄せください。

あて先
〒102-8177　東京都千代田区富士見2-13-3
メディアワークス文庫編集部
「冬馬 倫先生」係

第26回電撃小説大賞《メディアワークス文庫賞》受賞作

今夜、世界からこの恋が消えても

一条 岬

一日ごとに記憶を失う君と、二度と戻れない恋をした――。

僕の人生は無色透明だった。日野真織と出会うまでは――。

クラスメイトに流されるまま、彼女に仕掛けた嘘の告白。しかし彼女は“お互い、本気で好きにならないこと”を条件にその告白を受け入れるという。

そうして始まった偽りの恋。やがてそれが偽りとは言えなくなったころ――僕は知る。

「病気なんだ私。前向性健忘って言って、夜眠ると忘れちゃうの。一日にあったこと、全部」

日ごと記憶を失う彼女と、一日限りの恋を積み重ねていく日々。しかしそれは突然終わりを告げ……。

メディアワークス文庫

第26回電撃小説大賞《選考委員奨励賞》受賞作

そして、遺骸《ゆいがい》が嘶《いなな》く ―死者たちの手紙―

酒場御行

戦死兵の記憶を届ける彼を、人は“死神”と忌み嫌った。

『今日は何人撃ち殺した、キャスケット』

　統合歴六四二年、クゼの丘。一万五千人以上を犠牲に、ペリドット国は森鉄戦争に勝利した。そして終戦から二年、狙撃兵・キャスケットは陸軍遺品返還部の一人として、兵士たちの最期の言伝を届ける任務を担っていた。遺族等に出会う度、キャスケットは静かに思い返す――死んでいった友を、仲間を、家族を。

　戦死した兵士たちの“最期の慟哭”を届ける任務の果て、キャスケットは自身の過去に隠された真実を知る。

　第26回電撃小説大賞で選考会に波紋を広げ、《選考委員奨励賞》を受賞した話題の衝撃作！

メディアワークス文庫

後宮の夜叉姫1~2

仁科裕貴

後宮の奥、漆黒の殿舎には
人喰いの鬼が棲むという――。

泰山の裾野を切り開いて作られた綜国。十五になる沙夜は亡き母との約束を胸に、夢を叶えるため後宮に入った。

しかし、そこは陰謀渦巻く世界。ある日沙夜は後宮内で起こった怪死事件の疑いをかけられてしまう。

そんな彼女を救ったのは、「人喰いの鬼」と人々から恐れられる人ならざる者で――。

『座敷童子の代理人』著者が贈る、中華あやかし後宮譚、開幕！

メディアワークス文庫

漆黒の狼と白亜の姫騎士

英雄讃歌1

森山光太郎

少年と少女、二人の天才を巡る、胸躍る傑作戦記！

端整な顔立ちに幼さを残す少年――エゼアル・スラヴァード。フェガリ皇国に彗星のごとく現れた将校は、内に恐るべき戦の才を秘めていた。隣国、アウルム王国にも時同じくして、一人の少女が出現する。神将と名高い元帥の秘蔵っ子ルーナ・ミセリア。

後世、革新の年と呼ばれる大陸暦547年。宿命を背負う少年と少女が出会う時、戦乱の世は大きく動き出す。数多の勇将、知将が交錯する大陸の覇権の行方は？　読み出したら止まらない！　傑作ヒロイックファンタジー登場！

第20回電撃小説大賞《大賞》受賞作品

博多豚骨ラーメンズ1～9

木崎ちあき

人口の3%が殺し屋の街・博多で、生き残るのは誰だ――!?

「あなたには、どうしても殺したい人がいます。どうやって殺しますか？」

　福岡は一見平和な町だが、裏では犯罪が蔓延っている。今や殺し屋業の激戦区で、殺し屋専門の殺し屋がいるという都市伝説まであった。

　福岡市長のお抱え殺し屋、崖っぷちの新人社員、博多を愛する私立探偵、天才ハッカーの情報屋、美しすぎる復讐屋、闇組織に囚われた殺し屋。そんなアクの強い彼らが巻き込まれ、縺れ合い紡がれていく市長選。その背後に潜む政治的な対立と黒い陰謀が蠢く事件の真相とは――。

　そして悪行が過ぎた時、『殺し屋殺し』は現れる――。

　裏稼業の男たちが躍りまくる、大人気痛快群像劇シリーズ！

メディアワークス文庫